KB178942

밤은 길고 괴롭습니다

With Frida Kahlo

박연준 짓다

"난 내 살갗보다 더 디에고를 사랑한다."

프리다 칼로, 〈붉은 옷을 입은 자화상〉, oil on canvas, 79×58cm, 1926.

글쓰기는 내가 추는 춤이다.

옛날에 살았던 귀신은 아름다워라.
옛날에 움직이던 손은 아름다워라.

레드 에디션을 펴내며

당신을 위한 빨강

쓰는 동안 이런 것들을 믿었다.

사랑의 에너지가 예술의 본질이라는 생각.

"생각이 모든 것을 망친다"고 한 스피노자의 혜안.

계산을 하는 뇌를 잃어버린 채 걸어가는 사람, 멀리 가는 사람.

죽은 자의 낡은 미소.

깨진 이마로 날아가는 불사조.

나는 그냥 상처의 새끼예요, 중얼거리던 목소리.

V자 대열로 하늘을 나는 기러기 떼의 다리.

그 곧고 가벼운 선線들.

생각을 버리고,

당신도 뜨거워졌으면 좋겠다.

돌볼 수 있다면
불행도 사랑도,
당신이 돌봤으면 좋겠다.

2019년 끝자락, 파주에서.

책을 펴내며

살아남은 것에 경의를

차벨라 비야세뇨르, 너는 우리 곁을 떠났지만

너의 음성

너의 불타는 정열

너의 탁월한 재능

너의 시

너의 빛

너의 신비

너의 올린카

이 모든 것, 너는 아직 살아 있다.

이사벨 비야세뇨르 화가 시인 가수

선홍색

선홍색

선홍색

선홍색

사슴이

죽을 때

흐르는

피처럼.[1]

1

이 글은 지극히 주관적인 프리다 칼로 탐험기다. 프리다 칼로라는 인간을 탐험하는 글이라기보다는, 프리다 칼로를 사랑하는 개인의 독백에 가까운 글이 될 것이다.

어떤 예술가는 한 인간의 주변부에서 중심부로 한걸음에 다가온다. 특별한 경우에는 한 존재의 내부를 통과해 어떤 식으로든 그를 변화시킨다. 더욱 특별한 경우에는 변화된 인간을 예술의 바다로 인도한다.

시작하기에 앞서 고백할 것이 있다. 나는 그림에 대해 해박하지 않을뿐더러 보통 사람들보다 약간 낮은 수준의 미적 감각을 가지고 있다(여러 번의 실험과 경험을 통해 내린 귀납추리다). 그럼에도 불구하고 뛰어난 화가인 프리다 칼로와 그녀의 작품을 빌려 책을 쓰려는 이유는 그림과 시의 닮은 점 때문이다.

2

그림과 시는 비와 눈처럼 닮았다.

안개와 허기처럼, 그리움과 기차처럼 닮았다.

밤과 다락처럼, 비밀과 그물처럼 닮았다.

달과 고양이처럼,
유령과 강물처럼,
빨강과 파랑처럼 닮았다.

그림과 시는 벽에 붙여놓을 수 있고,
낱장으로 찢어 들고 다닐 수 있다.

둘 다 사냥감을 종이 위에 '산 채로' 데려와야 한다.

3

십수 년 전, 시를 쓰기 위한 참고 텍스트로 프리다 칼로의 그림들을 사용한 적이 있다. 나는 프리다 칼로의 작품을 '시적 언어'로 받아들였다. 이 책을 통해 나는 본격적으로 그녀의 그림 몇 편을 시로 '번역'하는 일에 도전했다. 혼자서는 '그림 번역'이라 부르는 작업을 시작했다. 물론이다. 가능하지 않은 일이다. 그림의 입장에서 시는 섣불러 보이고, 시의 입장에서 그림은 무모해 보일 수 있다. 하지만 "그림은 말하지 않는 시, 시는 말하는 그림"이라고 말한 그리스 시인 시모니데스Simonides의 말을 곱씹어보며 용기를 냈다. 모든 번역자가 반역자가 될 용기를 품듯이, 나 또한 '불가능의 가능성'을 품고 한 장르를 다른 장르로 번역하는 작업에 임했다.

그림 번역을 하는 과정에서 미술평론가가 하듯이 그림을 해석하거나 비평하지 않으려 했다. 그 반대에 섰다. '왜'라는 물음 대신, 이미지 안으로 뚜벅뚜벅 걸어가 보았다. 그림 속에 존재하는 세계를 만지고 누비며, 그곳에 사는 대상의 심정을 닮아보려 했다(이 작업은 시의 일과 다르지 않다). 그다음, 이미지를 문자로 '번역'하는 일에 몰두했다. 한 장르가 다른 장르로 몸을 바꿀 수 있다면 어떤 모양으로 변화할 수 있는지 실험했다.

그림이 시의 옷을 입는 순간 무참히 깨지거나 변형되고, 휘발될 수 있는 위험이 많다는 것을 인정한다. 내 도

전은 그것을 감안하고, 각오하고 있다. 많은 것이 사라지고 난 뒤, 존재가 증발한 뒤에도 남아 있는 것이 있다면, 그것들을 한데 그러모아보고 싶었다. 어쩌면 물감이 그림으로 변용되기 전 화가의 마음 상태를 '미리' 읽어보는 일이 될 수 있을 것이다. 혹은 물감이 캔버스에 내려앉은 후, 다 표출되지 못한 메시지를 짐작해 다른 방식으로 살려보는 일이 될 수도 있다. 프리다 칼로를 위해서가 아니라, '그녀가 사라져도 남아 있는 것' 때문에 '그림 번역' 작업은 의미를 가질 것이다.

4

결국 예술 작품은 '살아남은 것'이다. 창작자가 가고, 그가 투쟁한 시간이 사라져도 남아 있는 것. 타지 않고, 부서지지 않고, 보존되어 오늘 우리에게 전해지는 것.

존재하던 많은 것 중 특별한 몇 가지만이 살아남는다. 누군가가 지어낸 것 중(시, 소설, 그림, 음악, 조각 등등) 100년을 견디는 것은 극히 일부다. 한 세기란 얼마나 길고, 또 짧은 시간인가? 많은 것들이 시간과 함께 부스러진다. 희미해지다 결국 완전히 잊힌다. 잊힌다는 것은 사라진다는 뜻이다. 존재한 적 있지만, 존재한 적 없는 것.

5

모든 예술 작품은 고장 난 날개와 같다. 쓰임을 물으면 금세 빛이 바랜다.

날 수 없는 날개들, 빛나서 더 처연한 날개들.

이 책을 한 장 한 장 찢어 공중으로 날려버린 후 몇 장만 들고 읽어도 괜찮다. 화내지 않을 것이다. 이 책은 위험하지 않고, 순서를 필요로 하지 않고, 이어져 있지도 않고, 떨어져 있지도 않다. 이 책은 호랑나비 등에 무수히 박힌 점박이무늬 같은 짧은 글들로 이루어져 있다. 간혹 어떤 글은 조금 길어지거나 짧아져 점박이무늬의 균형이 흔들릴 수도 있겠지만, 그래봤자 무늬다. 얼룩이다. 작은 점이다. 작은 상처다. 작은 균열이다.

작은 것들이 모여 커다란 날개를 이룰 수 있다면 좋겠지만, 날 수 있는 날개는 아닐 것이다. 접힌 날개. 점박이무늬를 가진 불구의 날개. 그리고 이 불구의 날개는 끊임없이 날개를 들어 올리려 애쓰며 '프리다 칼로'의 그림 주위를 맴돌 것이다. 그럴듯하게 날 수는 없겠지만 닿을 수는 있을지 모르겠다.

6

여기, 날아야 한다는 강박에서 벗어난 날개가 있다.

날개의 이름은 프리다 칼로. 수천 번 부서졌지만 한 번도 날개 아닌 적 없던 날개. 하강하는 데만 쓰인 날개. 아래로 수천 킬로미터를 '날아' 떨어졌지만, 지금도 하염없이 떨어지고 있는 날개. "추락하는 것은 날개가 있다"고 노래한 잉에보르크 바흐만의 말은 옳다. 프리다 칼로는 날개를 달고 얼마나 깊은 곳까지 추락할 수 있는지 삶으로 보여주었다.

추락 역시 비행이다. 아래를 향한 비행. 브레이크를 잡지 않겠다고 선언한 채 이루어지는 비행이다. 단박에 목을 꺾고 떨어지는 '자기 파괴'와는 달리 '공들여' 떨어지는 추락도 있다. 떨어지면서 날개가 그려놓은 자취들을 보라. 우리는 그것이 피가 아니지만 피보다 더 붉다는 것을 알고 있다.

7

프리다 칼로는 시의 영토에 묻힌 영혼이다. 너무 많이 죽어 더 이상 죽지 않는 죽음이다. 피 흘리는 바다, 부서진 아이를 낳는 어머니, 한 몸에서 울부짖는 칼과 방패다. 그녀는 많은 시간에 거쳐 아직도 새로 탄생하고 있다. 한 번이 아니라 여러 번 탄생하는 예술가다.

프리다 칼로의 많은 그림들, 편지와 일기, 평전과 비

평서를 보면 그녀가 삶을 유지하는 데 가장 중요한 조건으로 '사랑'을 두었다는 것을 알 수 있다. 그녀가 몰두하는 '사랑'은 특별한 데가 있다. 말하자면 그녀는 '살아남기 위한' 필수 조건으로 사랑이 필요했던 사람이다. 온전하지 못한 몸으로 살아남기 위해, 고통에 짓눌려 죽지 않기 위해 사랑에 집착한 영혼이다. 어쩌면 그녀에게 최우선은 건강이 아니고, 삶의 질이 아니고, 재능이나 창작 의욕이 아닌 '사랑'이었을지 모른다. 프리다 칼로에게 사랑은 '갈구의 대상'이고, 주어지지 않으면 존재가 시들게 되는 것이며, 강렬한 인정 욕구에 기인한 것이었다. 사랑을 받지 못한다고 생각할 때 그녀의 그림은 더욱 치열해지고, 완벽해졌다. 결핍이 예술가에게 얼마나 완벽한 촉매제로 작용하는지 증명하는 사례다. 사랑을 갈구한 프리다 칼로는 얼핏 약자인 듯 보이지만, 결코 '사랑(사랑받기)'을 포기하지 않았다는 점에서 강자가 되었다. 놓지 않는 자가 이기는 게임도 있다.

8

프리다 칼로는 누구도 꺾을 수 없는 고집불통, 사랑의 폭식자, 체면을 생각하지 않고 사랑에 매달려 펄럭이는 깃발, 사랑이 지배하는 식민지다. 때문에 나는 종종 그녀를 둘러싼 불안정한 자아, 건강에 대한 열등의식, 숭배에 가까운 사랑, 온갖 고통과 비극 앞에서 보이는 투철한 의지 때문에 괴로웠다. 정확히 말하면 불편했다. 때로 피하고 싶었으며 정면으로 보는 게 힘겨울 때도 많았다. 그녀의 작품을 멀찍이서 '감상'하고 싶은 욕구가 일었다. 그렇지만 용기를 내서 그녀의 몇몇 작품을 들여다보고, 여러 겹으로 이루어진 '진실'의 몇 가닥만이라도 펼쳐 보기로 한다. 어쩌면 몰라도 됐을 비밀 몇 가지를 알게 될지도 모르겠다. 모든 비밀은 묵직하고, 본체보다 더 커다란 부속물들을 거느리고 숨어 있는 법이니까.

9

나는 프리다 칼로의 형상을 한 시의 관절들—기형으로 꺾이다 나뭇가지처럼 자라나는 창작 욕망, 날것으로 파닥이는 혀, 꿰뚫는 시선, 우회하지 않는 손가락, 달을 가리키는 입술—에 매료되어 이 책을 썼다. 쓸모없어 보이는 이야기들과 주변을 맴도는 나 자신의 이야기들이 이 책의 많은 부분을 이룰 것이다. 어쩌면, 내가 정말 하고 싶은 이야기는 삶의 부속물에 관한 것일지도 모르겠다. 따라서 열 편의 그림 번역을 제외하곤, 사소하고 가벼운 내 독백이 책을 채울 것이다.

그러나 이 가벼운 이야기들은 언제나 프리다 칼로의 언저리에서 시작했음을 고백한다. 이 책에서 나는 무엇도 그녀를 완전히 제쳐두고 떠들진 않았다. 휘파람을 불 때도 프리다 칼로의 치맛자락을 향해 불었다. 완전히 상관없는 이야기를 할 때에도 그녀의 뒤통수를 보았고, 그녀 또한 글을 쓰는 내 모습을 내려다보았다고, 믿는다.

10

간혹 고단했지만, 역시 재미있었다. 당신에게 흥미로운 책이 되기를.

★

차례

2 우리들의 실패

★

3 그땐 억울했고 지금은 화가 난다

★

4 사랑보다 위에 있는 것

★

1
만지고 싶어 죽겠다는 말

오래 두어도 사라지지 않는 것의 목록

내가 하고 싶은 것을 할 수 있으면 좋겠다. "광기"라는 커튼 뒤에서 이렇게: 꽃을 다듬기, 하루 종일, 그림 그리기, 고통, 사랑 그리고 부드러움, 내 어리석음의 넓이를 비웃기.[2]

★

어떤 사랑은 죽지 못한다. 끝난 후에도 죽지 못한다. 저리 가렴, 저리 가서 죽으렴, 다독여봤자 소용없다. 그것은 죽지 않는 것과는 다르다. 질기거나 미련이 많은 것과도 다르다. 그냥 죽지 못하는 것이다. 죽지 못하는 사랑은 '오래 두어도 사라지지 않는 것의 목록'에 들어간다.

어떤 사랑은 그런 것 같다. 내가 '그런 것 같다'고 망설이는 이유는 나도 그에 대해 잘 모르기 때문이다. '정말'이라는 말을 서너 번 중얼거려보아도, 모르겠다는 생각에 도착한다.

프리다 칼로와 디에고 리베라의 사랑을 들여다보면

이해할 수 없는 부분이 많다. 사랑이 어떤 원리로 작동하는지, 인생이 어떤 원리로 흘러가는지 우리는 알 수 없다. 봄나무에 꽃망울이 맺히는 이유를 알 수 없는 것처럼. 늙은 개의 입에선 비린내가 나고 눈곱이 많이 생기는 새끼의 건강은 좋지 못하다는 것을 '그냥' 아는 것처럼, 받아들일 뿐이다. 살아 있는 것은 왜 늙는지, 왜 죽음을 피할 수 없는지 답을 알 수 없다. 그저 늙은 동물을 알아볼 수 있을 뿐이다. 사람처럼 동물도, 늙으면 휜다, 모든 면에서. 익은 모과에선 향이 나고 오래된 모과는 기어코 썩는다. 이해할 수 없지만 '그냥' 아는 것. 어떤 사랑은 죽지 못한다.

다른 종을 사랑하는 이들이 있다. 다람쥐가 고양이를, 얼룩말이 병아리를, 개미가 뱀을 사랑하듯이. 이를테면 누군가 여름 저녁 바람을 사랑해 발가벗고 어두운 들판을 뛰어다니는 일도 일어날 수 있다.

모든 사랑은 엄밀히 말해 다른 종種, 혹은 다른 영靈끼리의 사랑이다. 프리다 칼로의 부모는 프리다와 디에고의 결혼을 두고 "코끼리와 비둘기의 결합"이라고 했다. 정확한 말이다. 비둘기가 하필 코끼리를 사랑해서, 슬픈 일을 나눠 갖는 일. 결이 다른 두 종이가 만나 한 권의

'책'을 만드는 일. 어떤 종이는 더 많이 젖고, 더 많이 찢어지고, 더 많이 닳을 것이다. 사랑이 그렇다. 젖고, 찢어지고, 닳을지라도 끝내 사라지지 않는 것이 있다.

오래 두어도 사라지지 않는 것의 목록을 생각한다.

이미 죽은 사람의 죽음,
어린 시절,
처음 쓴 시,
이름 없이 산 할머니의 진짜 이름,
분신焚身으로 죽은 사람의 영혼,
밖으로 나가지 못한 진심,
봄 여름 가을 겨울,
그리고 바람,
그리고 바다, 그리고 달,
그리고
디에고를 향한 프리다 칼로의 사랑.

어떤 사랑은 좀처럼 사라지지 않는다. 불가에 오래 두어도 타지 않는다. 한때 너무 많이 타서, 속이 타고 정념에 타고 절망에 타고 고통의 화염 속에서 타올라서일까? 그녀는 좀처럼 사라지지 않고, 이 세계에 남아 있다.

여름 저녁 바람을 사랑하던 사람은 여전히 벌거벗었으리라. 바람은 자주 숨고, 느닷없이 불어오고, 예고도 없이 사라진다. 오래 두어도 사라지지 않는 게 있다.

고독은 서로 다른 종種을 사랑하는 일이다.

★

한 방에 찰칵, '보는 것'은 '얻어맞는 것'이다

★

누가 그들에게 절대적인 "진실"을 주었나? 절대적인 것은 없다. 모든 것은 변한다, 모든 것은 움직인다. 모든 것은 혁명을 일으킨다—모든 것은 돌아오고, 그리고 간다.[3]

★

프리다 칼로의 그림을 처음 본 순간을 기억한다. 내가 본 그림은 〈나의 탄생〉이었다. 그때 나는 한 방, 제대로 맞았다. 첫눈에 반했다는 말이다.

"말 이전에 보는 행위가 있다. 아이들은 말을 배우기에 앞서 사물을 보고 그것이 무엇인지 안다."[4]

첫눈에 반한다는 것은 무슨 의미인가? 반하기 이전에 어떤 일이 일어나는가? 당신을 보고, 그다음에 반하는 것, 이 순서에 주목할 필요가 있다. 무언가 보는 행위는 그다음을 불러온다. 대상에 대한 판단이 오고, 감정이 오고, 다른 시간이 온다. 대상을 보기 전과 전혀 다른 시간을 살아갈 수도 있다는 의미다. 어쩌면 보고 난 뒤 아무런 일도 일어나지 않을 수도 있다. 보고 난 뒤 대상을 싫어하거나 좋아할 수도 있다. 아주 드물게는 첫눈에 사로잡혀 마음을 홀딱 빼앗기기도 한다. 반하는 일! 평화로웠던 내 감정 회로를 뒤흔들고 반反하는 일.

반하는 순간에 대해 얘기해보자. 당신에게 반하는 '순간'은 두 눈이 카메라 셔터처럼 감았다 뜨는 시간이다. 카메라 셔터를 '찰칵' 누르듯, 당신을 '압인押印'해서, 온몸 구석구석 세포 하나하나에게까지 당신이라는 놀라운 존재를 전달하는 일이다. 그것도 순식간에 전달하는 일이다. 이런 중대한 일이 어떻게 이토록 빨리 이뤄질 수 있단 말인가? 몸의 신경 회로를 명징하게 설명할 수 있는 능력은 없지만, 이 회로가 복잡하게 연결되어 있으면서도 존재를 즉시, 빠르게 전달하는 길이라는 것은 알겠다. 그러므로 첫눈에 반하는 일은 처음 만나는 존재에게 한 방 '얻어맞는 것'과 같다. 당신이라는 이미지에 내 온 존재를 얻어맞고, 낯선 이미지에 '감염'되어 본래의 내가 흐려지거나 나를 잃어버리는 일이다. 때문에 사랑에 빠진 자는 자신을 이루고 있는 것이 전과 달라진 자다. 당신이 눈앞에 보이면 언제라도 '변질될 수 있는 자세'를 취하려 세포 하나하나가 준비하고 있는 자, 존재의 근육이 유연해진 사람이다. 사랑이 침입했을 때 즉시, 온몸에 당신이 전이되어 '타자로 감염된 존재'가 되는 사람. 그래서 사랑에 빠진 자는 중심을 못 잡고 흔들리기 쉽다.

프리다 칼로는 아마도 자신이 태어나는 순간을 상상하여 이 그림을 그렸을 것이다. 제목은 〈나의 탄생〉이다. 여자가 누워 있다. 다리를 벌리고 아기를 낳고 있는 여자다. 아이는 과거에도, 미래에도 있지 않다. 현재에 걸쳐 있다. 아이는 (나)오고 있는 중이다. '지금'이라는 곳에 도착하기 위해. 아이를 낳고 있는 여자는 죽은 자처럼 머리에 흰 천을 뒤집어쓰고 있다. 그녀는 생과 사가 오가는 길('산도産道')에서 역시 생과 사를 오가는 인간을 밀어내느라 지쳤을 것이다. 여자는 아이를 밖으로 밀어내고, 아이는 온몸이 조여오는 갑갑함을 떨치며 분리되려 애쓰고 있다. 아기는 세상에 '주먹을 내밀듯이' 산도를 뚫고, 머리를 내밀고 있다. 이 모든 게 진행 중이다. 멈춰 있는 동시에 움직이는 그림. 낳는 사람도, 태어나는 사람도 삶보다는 죽음 가까이에 있는 것처럼 보인다. 태어나면서 죽음에 얼굴을 내준 듯, 눈을 감은 아기의 표정이 섬뜩하다. 아기가 태어날 때 아기의 죽음도 같이 태어나리라. 시트는 피에 젖어 있고, 하늘을 향해 기도하는 여자(마리아일지도 모르는)의 모습이 벽에 걸려 있다. 차마 볼 수 없는 광경을 마주한 듯, 눈을 치켜뜨고 있다.

내가 〈나의 탄생〉 보고 첫눈에 반한 이유는 이 그림이 진실을 담고 있기 때문이다. 남자 화가가 그린 저 유명한 〈비너스의 탄생〉이나, 예수 그리스도의 탄생을 성스럽게 묘사한 수많은 명화들처럼 탄생을 미화하고 있지 않기 때문이다. 벌린 다리 사이로 대음순과 소음순을 정확하게 그리고, 피를 묻히며, 한 인간이 태어나는 순간을 그렸기 때문이다.

탄생의 순간엔 누구나 혼자다. 낳으려는 자와 태어나려는 자는 서로, 또 각자 투쟁해야 한다. 안과 밖에서 홀로 분투해야 한다. 태어나기 전 우리에겐 '기다림'이 우선했을 것이다. 열 달 동안의 기다림 이전에 더 길고 지난한 기다림이 있었을 것이다. 모체와 태아가 만나기까지 우주 만물이 나름의 방식으로 생동을 멈추지 않는 동안, 우리는 아주 멀리에서부터 기다렸을 것이다. 이 모든 것을 한 장의 그림에서 단박에 알아보았다.

그림번역

★

나의 탄생

방은 혼자다 벽에 걸린 여인은 혼자다 누운 여인은 혼자다

피를 통과해 도달한 몸이 밖을 향해 대가리를 내밀 때

태어나고 있는 우리는 혼자다

어머니의 살을 헤집고 비어져 나온 내 머리를 보라,

삶을 향해 내가 내민 첫 주먹!

주먹!

주먹!

주먹!

삶은 보자기를 펴 나를 감싸고,

나는 졌다

지다니,

지면서 태어나다니
여자는 고통 속에서 여러 번 죽은 뒤,
내가 온전히 태어나는 순간 부활하리라

미래에서 온 아기들이 머리맡에 와서 본다
쟤도 죽었네, 쟤도 나처럼 미리 죽었네
(죽음이 나와 동시에 태어난다)
위아래로 머리가 달린 슬픈 짐승
서로 분리되기 위해 기다래질 때
비명 속에서 해체되는 것,
탄생!

탄생이 성공하면 죽음이 가벼워지고
죽음이 성공하면 탄생이 가벼워지는
놀이, 데칼코마니처럼
서로를 머금고
쪼개지는

이별의 탄생
탄생의 이별

프리다 칼로, 〈나의 탄생〉, oil on metal, 30.5×35cm, 1932.

프리다 칼로, 〈상처 입은 사슴〉, oil on masonite, 22.4×30cm, 1946.

★

상처 입은 사슴
— 쫓는 자와 도망가지 않는 자

가고 있어요 이쪽이 길인가요

등 뒤엔 멈춘 바다, 나무는 팔다리를 잃었어요

아홉 개의 화살을 몸에 박고도 멈추는 법이 없어요

당신을 보고 있지요

뿔이 위로 뻗은 이유는 멈추지 않았기 때문

나 역시 바라보는 당신을 봐요

당신은 내 모가지를

피 흘린 몸통을 깃털처럼 가볍게

날아든 고통의 촉을

가느다란 네 다리를 새까만 발굽을

사람 형상을 한 사슴으로서의 내 얼굴을

머리카락을 두 쌍의 귀를 보네요

고통의 면적이 넓어질수록 앎이 거대해져요
앎이 있으므로 앎을 봅니다
아홉 개의 화살, 이후를 생각하죠
깃들지 모를 화살의 새끼들을
모든 나머지를
기다려요 내게 날아오는 것
뚫고 파고들어 박히는
사고를 생각해요 충돌하기 위해 시작하는,
고통을 파종하는 것을 생각해요

사랑이 파종이라면
당신은 내 위에 무엇을 심으시겠어요?

가고 있어요 네 개의 귀로
바깥 동정을 살피며 여러 겹의 소리를 들어요
화살과 몸피 사이,
당신과 나 사이,
사랑과 사랑 사이에 생산되는 온갖 잡음을
들어요 발밑엔 나무의 나무였던 나뭇가지가
뿌리를 잃은 채 시들고 아니죠 나는
수천 발의 화살로

당신이 내게 오셔도

몰라요 앵글의 공포를, 밖을 향해 기어가는

피의 속도를

위선이 아니라

체념이 아니라

나는 그냥 상처의 새끼예요

★

외로움은 은종이 매달린 창가 앞을 걸어가는 거지다

★

나는 내 유명해진 긴 치마 덕분에 별로 춥지 않지만, 때로는 스무 벌의 치마로도 막을 수 없는 차가운 바람이 느껴져.[5]

★

파주에 내리는 눈은 좀 다른 데가 있다. 눈이 세상을 향해 내리는 게 아니라, 세상이 눈을 향해 걸어가는 것 같다. 막막하다.

외롭지 않다고, 외로운 감정이 뭔지 모르겠다고 까불던 시절이 있었다. 슬픔이나 아픔, 고통이나 고독은 알아도 외로움은 모르겠다고 으스대던 때가 있었다. 분수도 모르고.

외로움이란 누구를 골라 찾아가고 비켜가는 감정이 아니다. 불시에, 누구에게든 온다. 비나 눈처럼. 온다.

이제 나는 외로운 상태를 '조금' 안다. 하나일 때보단

둘일 때 오롯해지는 감정. 젖은 옷 같은 것. 비에 젖은 옷 아니라, 눈에 젖어 시나브로 축축해진 옷. 입고 있기엔 축축하고, 벗어 말리자니 유난을 떠는 일 같아 감추게 되는 것. 설명할 수 있지만, 하려다 마는 것. 더 구체적으로 말해볼까?

외로움은 충일함의 반대편에 서 있는 행려병자다. 크리스마스 은종이 매달린 창가 앞을 걸어가는 거지다. 코끝이 빨간 아이가 뛰어노는 마당, 구석에 숨어 있는 늙은 쥐다. 죽을지 살지 알지 못하는 시간 속에서 얼굴이 퍽퍽해지는 거다. 외로움은 눈 속에서 늙는 일이다. 한 오백 년. 휘발되는 사랑 앞에서 속수무책으로 서 있는 연인이다. 큰 집에 사는 거다. 갈 방이 많은 것. 또는 없는 것. 당신과 층위를 달리해 자고 깨는 것.

당신이 곁에서, 멀리 있는 것.

기대를 하고 실망하는 게 아니라 실망을 하고, 또 기대하는 것. 문제가 아무것도 없는 것. 아무 문제 없이, 허탈한 것. 식탁에 놓인 두 개의 통조림. 골뱅이와 꽁치의 보이지 않는 몸을 상상하다 토막 나는 것. 누군가를 사랑하는 것. 힘이 한쪽으로만 쏠려, 한 사람은 오랫동안 허공에 매달려 있는 것. 애를 써도 쉽게 내려오지 못하는 것. 허공에서 북어가 되어 말라가는 것. 삶의 비탈길에서 조심하지 않는 것. 다치기를 기다리는 것.

눈 감으면 보인다.

수십 개의 달이 미끄럼틀을 타고, 차례차례 내려온다. 미끄러지고 미끄러지다, 밤의 둥근 눈알들 툭툭 터진다. 비로소 밤은 완전한 고독에 잠긴다. 한 점 빛 없이, 한 점 외로움도 없이.

만지고 싶어 죽겠다는 말

★

그리고 나의 피는 나와 당신의 심장을 잇는 한 줄기 기적의 바람이다.[6]

★

"만지고 싶어 죽겠어."[7](세월호 유가족의 뜨개 전시장 한 쪽에 적힌 글귀.)

누군가 보고 싶다는 것은 만지고 싶다는 욕망에 다름 아니다. 보고 싶다. '보는 것'을 '하고' 싶다는 것. 당신을 곁에 두고 바라보고 싶다는 욕망은 같이 있고 싶다는 욕망, 즉 시간을 함께 보내고 싶은 욕망이다. 사랑은 바라봄에서 시작해 만짐으로 이어진다. 만짐touch 이후의 시간은 저마다 다르게 흘러가겠지만, 바라봄의 다음 순서가 만짐으로 이어지는 일은 사랑의 일반적인 속성이다. 그렇다. 더도 덜도 아니다. 사랑은 만지는 일이다("Love is touch", 존 레논). 진실은 대체로 단순한 문장에 담긴다.

아기가 모든 사물을 입에 넣어봄으로써 사물을 인식하고 세상을 배우듯, 사람은 대상을 만지고 핥고 품고, 때로 삼켜보려 시도함으로써 사랑을 배운다.

* 비 오는 일요일 오후, 창밖에서 창 안쪽으로 빗방울이 쳐들어올 때. 마룻바닥에 튀긴 빗방울의 온몸을(그 작은, 온몸을!) 손가락 끝으로 느껴보는 일.

* 사과를 맛보기 전 그 둥그런 곡선을 감싸고, 더듬어보고, 꼭지의 단단함을 느껴보는 일.

* 강아지의 둥근 머리통, 그 순한 곡선을 손바닥 전체로 쓸어보는 일.

* 아기의 통통한 볼 앞에서 눈보다 손이 먼저 나아가는 일. 기어이 양 볼의 통통함을 확인하고, 믿을 수 없을 만큼 유연한 열 손가락을 만져보는 일.

* 연인의 눈 코 귀 입술의 윤곽을 더듬어보고(이목구비는 연인이 아니면 만질 수 없는 부위에 속한다) 할 수 있다면 각각의 구멍에 혀를 대보는 일.

만지는 것보다 더 정확한 사랑은 없다. 만짐은 사랑의 주된 업무다. 그러니 사랑이 깨졌을 때 그리움은, 정확히 말하면 '몸에 대한 그리움'이다. 실물을 향한 그리움. 여기, 없는, 실체를 향한 그리움이다.

모든 이별은 만질 수 없다는 선고다.

사랑에 빠진 자의 행동을 관찰해보자. 손으로 쓰다듬고(존재를 만져 확인하는 일) 얼굴을 가까이 기울여 입술과 입술을 대보고, 몸을 서로 밀착하고, 급기야 자신의 가장 중심에 자리한 몸의 일부를 '서로의 중심을 향해' 밀어 넣으려 한다. 결속! 사랑에 빠진 자는 결속을 꿈꾼다. 존재 내부에 닿고 싶다는 욕망, 그리하여 존재를 서로 교환하려는 일, 내가 네가 되고 네가 내가 되기를 바라는 간절함. 불가능한 꿈. 사랑을 전제한 섹스는 쾌락 이전의, '존재를 나눠 가지려는 욕구'에서 촉발된다.

남녀 간의 성행위를 두고 이렇게 말한 친구가 있었다. "그게 뭐 별거야? 고작 10여 센티미터가 들어갔다 나오는 행위잖아?"

사실은 그렇지만 진실은 그렇지 않다. 사랑에 빠진 자

(대상을 욕망하는 자)에게 섹스는 단지 살을 부비는 행위가 아니다. 내가 너를 '잡아먹고', 네가 나를 '잡아먹어', 존재의 가장 안쪽에 닿고 싶다는 극단의 욕망이 깃든 행위다. 그 지난한 길이 욕망의 탈을 쓰고 이루어지기 때문에 '에로티시즘'이 발생한다. 지난한 길이란 어떤 길인가? 기다란 입술처럼, 혹은 붉고 어두운 곱창 속처럼 하염없는 길이다! 입술이 입술을 아무리 삼켜도 사라지지 않는 입술, 문을 두드리고 두드려도 벽 앞에 서는 일, 팔을 퍼덕이며 날아보려 해도 날 수 없는 일이다. 지독한 사랑은 결국 기아처럼, 허기진다.

그게 뭐지?
물살이 물살과 뾰족하게 부딪치는 거
서로의 입속을 헤매다 아귀처럼
쩝쩝대는 거
허공을 물어뜯어 아작 내는 거
찾지만 끝내
찾고 싶지 않은 거
젖지만 끝내
젖지 않고 마르는 거

눈 코 귀가 순해지고

입속 벙어리들만 사납게

들썩이는 거

손가락이 열다섯 갈래로 벌어지다

흔들리는 거

얼굴과 얼굴이 기찻길이 되어

달아나는 거

뛸 수 있는 근육들이 미래를 유예하다

잦아드는 거

투명한 물레바퀴에 혀가 물려

터엉, 끼익 터엉, 끼익 축축하게

굴러가는 거

— 박연준, 〈키스의 독자〉 전문[8]

일전에 나는 섹스의 즐거움(혹은 가치, 혹은 열망, 혹은 깊이)을 전혀 모르겠다고 말하는 친구에게 이렇게 설명한 적이 있다.

"탁자를 벽으로 밀고, 밀고, 밀면 벽에 닿지. 벽에 닿으면 어느 순간 벽을 뚫고 벽 너머의 세계로 갈 수 있을 것 같거든? 정말, 벽 너머로 말이지. 아주 잠깐. 테이블이, 벽 너머로. 그 기분과 비슷해. 황홀하지. 경험할 수 없는 것을 경험하(려)는 일이니까. 벽 너머로 갈 수만 있다면! 동시에 불행한 일이기도 하지. 불가능한 일을 하려는, 하염없는 짓이니까. 끝나면 벽 밖으로 다시 튕겨져 나와야 하거든. 나는 다시 벽 밖의 사람이 돼. 허기지지(원래 사랑에 빠진 자는 허기지잖아?). 다른 사람이라는 벽. 사랑이 벽 밖에서 거주할 수밖에 없다는 것, 그게 비극이지. 그렇지만 또 시도하는 거야. 벽 속으로, 벽 너머로, '잠시'라도 들어갔다고 착각하기 위해서. 당신이라는 벽, 말이야. 사랑의 환락을 경험하려고. 환락 끝에 마주하는 게 다시 벽일지라도. 다시 우리는 테이블을 밀고, 밀고, 밀고…. 밀어보는 거지."

만지지 않고는 무엇도 완전히 사랑할 수 없다. 부모가 자식을, 견주가 자신의 반려견을, 사랑에 빠진 자가 사랑하는 연인을, 사랑할 재간이 없는 것이다. 사랑은 추상이 아니라 들고남, 부딪침과 부딪힘, 섞이고 떨어지는 사이의 모든 찰나를 통해 산다. 보는 것은 '거리'를 두고, 보는 것이다. 만지려 할 때 당신과 나 사이의 거리가 사라진다. 사랑에 빠진 자는 줄곧 거리를 버리거나, 잃어버린다. 여기에서 사랑의 비극이 생긴다. 사라진 거리 때문에 서로가 서로를 못 알아보는 사태가 생겨난다. 당신은 내가 아니고, 나는 당신이 아닌데. 사랑에 빠진 자는 당연한 사실조차 인지 못 하고, 화를 내거나 슬퍼한다.

프리다 칼로는 〈내 마음속의 디에고〉라는 그림에서 디에고 리베라를 자신의 이마 중앙에 그려 넣었다. 이마는 자신의 과거, 현재, 미래가 상영되는 브라운관이다. 전생全生에 걸쳐 디에고 리베라를 중심에 두고 있다는 것을 그림은 보여준다. 이마 중앙에 당신의 지혜로운 눈을, 심어두고 싶다는 욕망.

일전에 나는 사랑하는 이에게 이렇게 편지를 보낸 적 있다.

"이제 더 이상 내가 쓴 어떤 시도 보여주지 않겠습니다."

그랬더니 그쪽에서 뭐라고 답한 줄 아는가?

"나는 이미 네 눈 속에 내 눈을 심어놓았으니, 네 홍채를 통해 모든 것을 볼 수 있어."

그는 '꾼'인가? 빙고. 꾼은 꾼일지라도, 사랑에 빠진 자는 자신의 가장 귀중한 것을 자꾸 상대방의 몸에 심으려 시도하는 자다.

프리다 칼로는 여러 번 자기 이마에 디에고 리베라의 눈이 박힌 모습을 그렸다. 혹시 그녀도 이마에 리베라의 눈을 심어두고, 그의 눈으로 세상을 보고 싶다는 마음이 있었을까? 욕망의 카니발! 맹목적인 사랑은 결국, 서로를 삼켜, 대상을 자기 안에 새롭게 세우려는 시도다. 헛된 시도. 그러니 사랑은 수없이 반복되는 '전쟁과 평화'다. 전쟁, 평화, 전쟁, 평화. 이 반복 사이에서 낡아가는 것. 시인 김수영이 그랬던가. "낡아도 좋은 것은 사랑뿐"이라고.

목이 가늘어진 사람들

★

나의 병력 사본을 동봉합니다. 이것을 읽으면 내가 이 끔찍한 세상에서 무슨 일을 겪었는지 알게 될 거예요. 가능하면 윌슨 박사에게 보여주기 바랍니다. 나는 미국에서 그에게 진찰을 받고 싶어요. 이름은 필립 윌슨 박사이고, 주소는 뉴욕 시 이스트 42번가 321번지.[9]

★

병원 뜰이 빛과 그늘로 얼룩진 풍경을 본 적이 있다. 실은 자주, 물리도록 보던 때가 있었다. 안개로 만든 인형처럼 무게 없이 걷는 환자들. 짐 진 듯 무거운 걸음으로 따라 걷는 보호자들. 곁에서 꽃은 환했다. 핀 꽃은 피었으므로 아름답지만, 누구도 기쁘게 하진 못했다. 병원 뜰에 앉아 아프거나, 아픈 사람을 바라본 사람은 안다. '파리하다'는 단어의 참뜻이 무엇인지를. 그것은 존재의 무게가 휘발될 때 얼굴과 몸에 내려앉는 기운이다.

가운을 입고 걸어가는 저 의사도 파리하긴 마찬가지

다. 죽음에 매달려 죽음과 싸우고 있다는 점에서 의사와 환자는 닮아 있다. 죽음과의 싸움을 피하지 못하므로 그들은 똑같이 병적일지도 모른다. 어느 때는 의사의 얼굴에서 더 많은 병을 볼 때가 있다. 죽음을 돌보며, 죽음이 너무 빨리 다가오지 못하도록 견제하면서 평생을 보내는 사람들.

살구나무 그늘로 얼굴을 가리고, 병원 뒤뜰에 누워, 젊은 여자가 흰옷 아래로 하얀 다리를 드러내놓고 일광욕을 한다. 한나절이 기울도록 가슴을 앓는다는 이 여자를 찾아오는 이, 나비 한 마리도 없다. 슬프지도 않은 살구나무 가지에는 바람조차 없다.

나도 모를 아픔을 오래 참다 처음으로 이곳에 찾아왔다. 그러나 나의 늙은 의사는 젊은이의 병을 모른다. 나한테는 병이 없다고 한다. 이 지나친 시련, 이 지나친 피로, 나는 성내서는 안 된다.

여자는 자리에서 일어나 옷깃을 여미고 화단에서 금잔화 한 포기를 따 가슴에 꽂고 병실 안으로 사라진다. 나는 그 여자의 건강이—아니 내 건강도 속히 회복되기를 바라며 그가 누웠던 자리에 누워본다.

— 윤동주, 〈병원〉 전문

아픈 사람은 몸이 아프면서 동시에 삶이 아픈 사람이다. 젊어 아픈 사람은 더 그렇다. 쌓기도 전에 이미 무너져버린 죄, 때문에 목이 가늘어진 사람들. 더 이상 쌓을 게 없어 손으로 허공을 더듬는 사람들. 그들은 삶의 목록에서 비켜나 있는 자, 열외列外자다.

윤동주의 시 〈병원〉의 화자도 비켜선 채로 자신의 외로움을 관찰하고 있다. 그의 시선과 어투 때문에 그가 피로한 상태라는 것을 알 수 있다. 삶에 지치면 존재하는 것 자체가 피로하다. 잠자리 날개의 무게만큼만 보태도 휘청거릴 것 같은 몸과 마음. 의사는 그의 병을 인정하지 않는다. 늙은 의사는 젊은 환자의 휘청거림을 모른다. 원인을 알 수 없이 깊어진 병은 환자를 피로와 외로움 속에 잠식시키고, 삶은 그의 존재를 병적 허언으로 만든다. 그는 "살구나무 그늘로 얼굴을 가리고" 병원 뒤뜰에 누운 젊은 여자를 바라본다. 그녀의 병과 자신의 병을 같은 자리에 뉘어보며 몰래, 병을 나눠 갖는다.

뭘 할 수 있을까, 그가. 그저 괜찮아지기를, 괜찮아지기를, 바랄 수밖에.

★

부러진 척추

나는 한 마리 첼로
작은 못들을 삼킨 첼로다

내 몸에서 아직 음악이 흐르다니

음악이 못 위를 넘나든다
부서진 척추 틈에 고이고
섞이며, 다시 흐른다

나는 하반신을 잃은 치마

내 치마 위에 누운 당신들이 허공에서 헤맬 때
디딜 때를 찾으며 춤출 때,

고통의 중심이 살을 좀먹으며
안착한다 내 영혼에

십자가에 못 박힌 건 내가 아니다
십자가가 내게 와 박혔다.
투명하고 아름다운 십자가가 계속,
내 속으로 이양되려는 것

아파서 입을 벌릴 수조차 없다

손을 놓으면
내 하반신은 날아가리라

프리다 칼로, 〈부러진 척추〉, oil on masonite, 43×33cm, 1944.

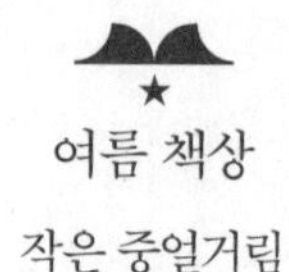

★

여름 책상

작은 중얼거림

★

편지: 당신이 나에게 편지를 쓴 그때부터, 너무도 화창했고, 까마득한 그날부터, 당신에게 설명하고 싶었어요. 나는 그날들로부터 벗어날 수가 없다는 것을, 그때 그 순간으로 돌아갈 수도 없다는 것을. 당신을 잊을 수가 없어요. — 밤은 길고 괴롭습니다.[10]

★

당신이 떠난 뒤 이곳은 고요의 제국. 고요의 치마. 고요의 명치. 내가 사는 나라 반대쪽으로 당신이 날아간 뒤 수박이 쩍, 갈라졌네요. 너무 익어서. 익어버려서.

책상 위에는 제임스 설터의 《가벼운 나날》. 보름 전까지 쓰다 멈춘 일기장. 아이스커피. 자두 향기. 자두의 몸내. 자두의 그림자. 자두의 슬픔. 자두의 자살. 자두의 끝. 자두의 돌연사.

펼쳐진 수박과 펼쳐진 일기장 위를 날아가는 당신, 자두의 비행장. 자두의 감옥. 자두의 실연. 자두의 프리다,

자두의 칼로.

*

어쩌면 가혹할지도 모른다고 생각하는 새벽.

그녀의 잘못은 한 남자를 깊이, 지독하게 사랑한 것밖에 없을지도 모른다. 그녀를 미워할까, 그녀의 지독함을 미워할까?

어떤 사람은 사랑에 있어, 도대체 '적당히'가 되지 않는다.

*

책 속에서.

"당신의 사랑은 너무 짙어"라고 남자가 말했을 때 그녀는 말했지. "사랑이 그런 거야. 그렇지 않으면 사랑이 아니지. 옅은 사랑은 사랑이 아니야."[11]

*

옅은 사랑은 사랑이 어릴 적 써낸, 장래희망 같은 걸까.

되고 싶었지만 되지 않은, 될 수 없는 게 아니라 되지 않은 무엇. 어려풋함.

미래일 수도 있었을 씨앗. 너무 짙은 사랑은 직업이다. 직업병이다.

*

"나무들은 왜 그들의 뿌리의 찬란함을 숨기지?"[12]

*

윗집 아저씨가 오줌을 누는 소리. 오후 4시.

*

죽은 사람의 얼굴에선 더 이상 수염이 자라지 않겠지. 어쩌면 나무뿌리가 숨어 하는 일이 그런 일일지도 모르지. 죽은 사람의 수염이 되어주는 일. 대신 자라는 일. 당신이 죽으면 나무 밑동에 얼굴을 대고 비벼볼까. 뿌리에 닿으려는 애벌레처럼 온몸으로 기어볼까. 당신이 죽으면, 당신이 죽으면…. 이 문장 앞에서 나는 벌벌 떤다.

*

나는 망가질 수 없는 자. 마약, 도박, 술에 관해 중독자가 될 수 없고, 패륜을 저지를 수 없는 자. 뭉개진 무릎으로 아스팔트 위를 기어 다니는 가난한 사람도 될 수 없다. 나는 겁쟁이니까. 망가질 수 없으므로 지팡이로 노쇠한 정신을 두드리며 어둠을 건너는 자. 정신을 놓기 어려운 사람, 기절할 때도 정신을 꼭 쥐고 쓰러지는 사람, 주먹을 펴지 않는 사람, 탕아처럼은 황홀해질 수 없게 생겨먹은 자, 선을 밟지 않는 자, 스텝을 틀리면 괴로워하는 자. 스텝을 외우느라 음악을 잊는 자. 망가지지 못하는 자의 망가진 심정을 이불 위에 바로 누이며, 슬픔을 차곡차곡 개켜 장롱 두 번째 칸에 넣어두는 사람.

어느 날은 당신이 울었다. 망가지는 것보다 망가지지 않는 게 힘들다고 중얼거렸다. 그래서 당신이 좋았다. 죽은 후에도 좋았고, 죽기 전에도. 나는 당신이 좋았다. 당신이 한 번도 스텝을 외우지 않아 좋았다.

*

로맹 가리는 어느 소설에서, 이렇게 썼다.

"사랑이 머무는 진정한 집은 언제나 숨겨진 곳이다."

이렇게도 썼다.

"사랑에 관해서는 그 어떤 것도 잘못이 없다."

그리고 이렇게도 썼다.

"오래전부터 나는 침묵하고 있는 순간이 가장 행복했

다. 당신에게로 가서 무릎을 꿇으면 당신이 이마를 내 어깨에 대는 그때, 당신 팔이 내 목을 감싸고 있음을 느끼는 그때, 내가 소곤거렸던 사랑의 언어들은 막 태어나서 아직 아무런 일도 겪지 않았을 때처럼 어린 시절을 되찾지. 방이 제법 어둑어둑해서 당신 입술의 기억을 되살리기에 충분할 거야. 당신이 조금 몸을 움직여서 바이올린 대신 내 어깨에 머리를 기대면 당신 몸이 움직일 때마다 내 빈 손바닥이 움푹 패고, 내 손이 당신을 꼭 잡을수록 그 손은 더 많이 당신을 찾아 헤매지."

✶

쓴다는 것은 내가 나 자신과 정식으로 한 번, 약속하는 일이다. 번복을 번복하며 약속하는 일이다.

✶

헤맴. 연인들의 일.

✶

사람은 살려다가 죽고 기억하려다 잊는다. 그렇지?

*

지금은 귀신을 만나기에 애틋한 시절. 글을 쓰다 손을 베이는 시절. 늦게 나는 날짐승들이 호랑이의 자손처럼 운다. 파도처럼 뒤척이고 파도처럼 기다린다. 오지 않은 날들, 시간의 여러 겹. 흘러가는 것은 시간이 아니라 사람이다. 사람만이 흘러간다. 한곳에 머무는 것은 시간이다. 무언가와 화해를 위해 마시는 술. 하나의 식탁에서 여러 개의 술잔들이 이유 없이 들어 올려지고 기울어진다.

*

당신이 요리를 하던 저녁. 온갖 냄새가 구석구석 스미고 떠도는 부엌에서, 당신의 구부정한 등을 본다. 당신의 등에도 냄새가 배어 있겠지. 채소를 썰 때 흔들리는 어깨, 수그린 고개를 넘어가는 고요. 찬장에서 후추를 꺼낼 때 길어지는 팔, 간간이 들리는 슬리퍼 소리와 물소리, 재료들이 씻기고 잘리고 익어가는 소리. 그 모든 것 사이에 서 있던 당신. 당신이 만드는 리듬.

*

믿음이 강하면 거짓도 진실이 된다. 잔을 비우지 않

는 방법은 잔을 깨뜨리거나, 못 본 척하거나, 마시지 않고 들고 있는 것이다. 당신의 거짓을 영원토록 들고 있는 일.

믿는 순간 거짓이 불탄다.

*

어떤 절대성은 실은 생존의 문제, 생존 방식의 문제에 지나지 않는다. 사랑한다는 것은 더도 덜도 아니고 사랑하는 사람을 먹이고, 입히고, 살리고 싶은 마음과 행동이다. 그러니까 그 사람을 보살피고자 하는 욕구이지, 보살핌을 받으려는 욕구가 아니다. 누군가를 끝내 살리지 못했다면, 그를 먹이고 입히고 살리고 싶은 마음이 없었던 걸지도 모른다. 나는 당신을 사랑한 게 아니라, 당신이 필요한 나를 사랑한 것에 지나지 않을까.

결국 당신은 '내 앞의 당신'이고, 나도 '당신 앞의 나'다.

*

열한 살의 남동생이 스무 살의 내 가난한 지갑을 열고 몰래 1,000원짜리 세 장을 넣어놓은 일. 며칠이 지나고 나서 "무슨 일 없어?"라고 자꾸 물어보는 일. 그 작은 아이의 '돌보려는 마음'이 사랑이다. 사랑은 나이와 상관없이 돌보고 싶은 마음을 끌어낸다. 그때, 그 아이의 열 개의 작고 통통한 손가락의 움직임을 상상하면 무릎에서 쇳소리가 나는 것 같다. 무릎에서 누가 그네를 타는 것 같다. 지갑을 열고, 자기에게 분명히 큰돈이었을 3,000원을 넣어두고, 기다리는 일. 기다림. 먼 곳을 향해 공을 던지고 당신이 받았는가, 골똘히, 그쪽을 살피는 일.

그 애가 더 기다리지 못하고 무슨 일이 있었는지, 나를 위해 무슨 일을 했는지 고백했을 때 울었다. 우는 이유도 모른 채.

그 무렵 그 애는 이런 말도 했다.

"누나. 나는 엄마 배 속에 있을 때가 기억이 안 나. 엄마가 물을 마시면 내가 막 노를 저었겠지? 빠지지 않으려고, 그랬겠지?"

나는 아득해졌다. 내가 어느 여자의 배 속에 있던 순간을 떠올려보며, 아가, 너와는 다른 시간 다른 강가에서 다른 노를 저은 적이 있겠구나. 조금 허둥대며, 빠지지 않으려고 노를 저었겠구나, 생각했다. 그러곤 그 애가 한 말을 잊고 싶지 않아, 일기장에 적어놓았다.

어떤 작가(기억나지 않는다)는 책 속에서 이렇게 말했

다. 천사가 있다면 변성기가 오기 전의 어린 남자애들과 비슷할 거라고. 나는 쉽게 그 애를 떠올렸다.

*

그 애가 죽는 꿈을 꾸었다. 나는 달리고 달리면서, 더 이상은 살 수 없을 거라고 중얼거렸다. 달리면서 울고, 울면서 달렸다. 꿈속에서 나는, 이제 더 이상 살 수 없을 거라는 강한 확신 외에 아무 생각도 들지 않았다. 꿈에서 깨어나서도 나는 계속 달렸다.

*

애정 결핍이라는 말은 불편하다. 애정은 스미고, 스며드는 일이다. 그러니 애정은 모자라거나 넘치는 게 아니라, 젖어 있거나 말라 있는 상태다. 철분이나 칼슘이 모자라듯 애정이 모자라군요, 쉽게 진단하는 사람을 보면 불편하다. '결핍'이라는 말은 쉽고 딱딱하고 무책임하다.

*

이것은 관성.

움직이는 시계추에 영원히 매달린 자가 할 수 있는 일은 무엇일까?

움직이는 방향과 반대되는 쪽을 향해 침을, 뱉는 것 말고.

*

차가운 시멘트를 뚫고 나와 피는 꽃.
누가 그를 이길 수 있지?

*

얼굴이 캄캄한 남자들이 있다. 그들은 얼굴 전체에 '음탕함'이란 색을 엎질러놓은 것처럼 보인다. 문제는 너무 '표'가 나기 때문에 그들의 흑심이 실현되기 힘들다는 것이다. 사람들은 생각보다 누군가의 표정을 읽는 능력이 뛰어나다.

*

비가 억수로 내린다. 억수로 내리는 비를 북한에서는 '노박비'라 부른다. 영어로는 '헤비 레인폴heavy rainfall'. 각각 맛이 다르고, 모두 맛이 좋다.

반대편 창가에 서서 '가는비'를 생각한다. '세우'라 부르는 가는비는 사투리다. 새우의 굽은 등을 살짝살짝 적실 것 같은 비.

✶

비가 그치면 나가려 했는데, 그칠 기미가 보이지 않는다. 가난하고 비루한 이야기를 묶어놓고 책상에 앉아 먼 데를 생각한다.

✶

나는 전생에 피를 토하고 죽은 무명시인의 실핏줄 한 가닥이었나? 끈질기게 '나'로 살아난 한 가닥 길이었나?

✶

요새는 굉장히 이완된 느낌으로 시를 쓰고 있다. 바닥에 엎드려서. 좋은 징조.

✶

회복하고 싶다.

"당신이 나에게 편지를 쓴 때부터"라는 문장을 앞에 놓고, 멍하니 있다.

어떤 편지는 살아남는다. 살아, 남아, 이번에는 나를 도리어 죽이기도 한다.

젖지 않는 자두. 그을음을 사랑하는 자두. 구두를 신

은 자두. 사랑을 소모하는 자두.

자두들이 한꺼번에, 여름 책상을 적신다.

2
우리들의 실패

★

실연한 사람들

★

이 모든 연애편지, 여자 속옷, 여자 '영어' 선생, 집시 모델, '잘 해주는' 조수, '멀리서 찾아온 전권대사', 이런 것은 그저 당신의 '바람기'를 상징할 뿐입니다. '당신과' 내가 서로를 진심으로 사랑한다는 것을 이제 알았어요. 우리는 무수한 사건들, 문전 박대와 저주와 모욕과 국제 재판을 함께 견뎌왔습니다. 어쨌든 우리는 언제나 서로를 사랑할 거예요. … 우리가 함께 산 7년 동안 이런 일이 반복되어 왔습니다. 처음에는 울화가 치밀었지만, 그 덕에 결국 나는 나 자신보다 당신을 사랑한다는 것을 알았습니다.[13]

★

저기 걸어간다. 얼굴을 지운 유령들이. 종이처럼 하얘진 사람들이, 망치를 두드려 자기 무릎을 깨먹고 절뚝이며 흘러가는 사람들이.

사랑에 실패한 자는 몸을 열고, 근육을 열고, 신경을 열고, 신경보다 더 가느다란 무언가를 열고 태양을 향해 내부를 드러내 보이는 사람이다. 안에 담겨 있는 것이다 증발할 때까지 꼼짝없이 기다리는 사람이다. 나무 한 그루가 한 방울의 물기도 남기지 않고 시들어 죽기까지 기다리는 사람.

그들은 종종 운다. 울음으로 증발의 시간을 조금이라도 단축할 수 있다고 생각하는 듯. 가열히, 힘차게 운다. 얼굴에서 눈이 사라지고, 코가 문드러지고, 입술이 흐려질 때까지 운다. 운 다음, 그다음에, 그다음에, 어쩌면 한참 후에, 다시 태어나야 하므로 우선 운다.

실연은 사랑의 죽음이다. 저마다 알맞은 방식을 찾아 장례를 치러야 한다. 사랑에 실패한 자가 슬퍼한다고 해서 지나치게 염려할 필요는 없다. 그는 지금 상喪 중에 있다. 태어나고, 살며, 이력을 쌓고, 죽는다는 점에서 하나의 사랑은 한 생애生涯를 갖는다. 사랑에 실패한 자는 반드시 상을 치러야 한다. 죽은 후, 다시 태어나야 한다. 때로 제대로 죽지 못한 사랑은 육체를 지불해 (완전히) 죽기도 한다. 사람보다 사랑이 모질 때, 일어나는 일이다.

나는 갓 낳은 메추리알처럼 소중히 여기는(깨지지 않게, 다치지 않게, 잘 부화되게) 젊은 친구 하나를 가지고 있다. '가지고 있다'고 쓰니 몸에 훈기가 도는 기분이다.

그 친구를 떠올려보기만 해도 그렇다. 마음의 방이 넓어지고 또 높아지는 기분인데, 그 안이 맑은 것으로 가득 채워지는 느낌이다.

만난 횟수는 다섯 번이 안 되지만, 우리는 종종 긴밀한 내용이 담긴 편지를 주고받았다. 시시껄렁한 이야기도, 제법 묵직한 이야기도 그 친구와 나누면 좋았다. 나는 시간에 맞춰 답장을 보내는 편이 못 되었으므로 때로 그녀를 자주 기다리게 했다. 마음이 없어서가 아니라 마음이 지나치게 많아서 그랬다. 아무 때 아무 곳에 주저앉아 편지를 쓰고 싶지 않았다. 가능한 시간을 골라(수태 가능한 날을 점지받는 이처럼), 누구도 없는 방에 웅크리고 앉아 편지를 썼다. 내밀한 일에 몰두하는 사람처럼 그랬다. 시를 쓰는 것과는 다르지만, 많이 다르지도 않았다.

몇 달 전 그 친구에게 손편지를 받았다. 그동안은 메일로 편지를 주고받아왔기에 조금 놀랐다. 봉투를 열자 꽃다발이 그려진 편지지가 보였다. 한 송이씩 꽃을 그려 넣느라 수그린 모양이 되었을 그녀의 둥근 등이 떠올랐다. 손끝에 힘을 주고, 입술은 집중하느라 동그랗게 모아졌으리라. 편지의 내용은 길지 않았다. 다만 묵직했다. 내 마음도 묵직해졌다. 그녀는 고통과 신열로 얼룩진 마음을 숨기지 않고 편지에 드러냈다. 그녀의 마음 상태는 충분히 전해졌지만, 고통의 원인은 알 수 없었다. 안개 가득한 도로처럼 윤곽을 가늠하기 힘들었다. 그녀의 도로에 어떤 문제가 산적해 있는 걸까, 궁금하고 안타까웠다. 아마 말하기 쉽지 않은 문제에 봉착해 있는 것이리라 짐작했다. 무거운 고민거리도 밖으로 꺼내고 나면 하찮고 통속적인 사정으로 보일 염려가 있다는 것을, 스스로가 더 초라해 보이고 외로워질 수 있다는 것을 나도 알고 있다.

내가 알고 있는 사실은 그녀가 어렵게 들어간(꿈에 그리던 회사에 입사했다고 들었다) 회사를 돌연 그만두고, 브리즈번으로 날아갔다는 것. 그곳에서 반년 정도 공부하며 지내기로 했다는 것. 지금 몹시 괴로운 심정이라는 것(사실은 오래전부터)뿐이었다. 편지를 받고 그녀에게 답장을 썼다. 우리가 주고받은 편지 중 일부를, 그녀의 허락하에 싣는다.

편지 1

★

오직 하나의 산만이 다른 산의 마음을 이해한다.[14]

★

채빈 씨,

밤이에요.

자정이 지났고 공식적으로 새로운 날이 시작됐지만

마음은 어둠 속에, 여전히 어제에 머물러 있네요.

손편지를 받고 기뻤어요.

그 편지를 헤르만 헤세의 《싯다르타》에 끼워 넣고는 이따금 읽고 있어요.

종이에 적힌 채빈 씨의 작고 단정한 글자들,

앞표지에 직접 그린 코스모스 같기도 하고 나리꽃 같기도 한, 한 묶음의 꽃다발 그림,

"사랑하면, 정말 사랑하면 모든 것이 쉬워진다"고 적

힌 문장.

잠자코 보고 있자니 좋았습니다.

브리즈번으로 날아갔다고 해서 놀랐어요.
꽤 용기가 필요한 행동이니까요.
이곳에서 견디기 힘든 순간들이 있었으니, 다른 곳으로 옮겨간 걸지도 모르겠네요.

사실 구체적으로 채빈 씨가 어떤 고민을 하고 있는지,
가장 아프고 힘들게 하는 일이 무엇인지 알지 못하네요.
그래서 가끔은 내가 어떤 이야기를 해줄 수 있을까, 답답한 마음도 들어요.
(마음이 내킬 때 말해줄래요?)

다만 전에 채빈 씨가 "무언가를 사랑해서 까맣게 탄다"는 내가 쓴 문장을,
이해하는 시간을 보내는 중이라고 말해서 조금 짐작할 뿐이에요.

사랑만큼 사람을 힘들게 하는 것도 없죠.
감정이 자주 격앙되어 있던 20대에는
자살의 이유가 되는 것은 오직 사랑뿐이라고,
치기 어린 생각을 한 적도 있었으니까요.
(지금 생각하니, 그건 꼭 그렇지도 않은 것 같아요.)

무엇이 가장 도움이 되는지, 그리고 채빈 씨를 달래줄 수 있는지는
본인이 가장 잘 알고 있을 거예요.

너무 힘들 때는 가만히 누워서 눈을 감고 본인에게 물어보세요. "그래서 뭘 하고 싶니? 난 뭘 원하지?" 하고요. 피하지 말고요.
어떻게 됐으면 좋겠는지, 그것을 정확히 인지해야(인정해야)
그다음을 얻을 수 있지 않을까요?
저는 사람들이 왜 슬픈지, 왜 아픈지 대체로 알고 있다고 믿는 편이에요. 그것을 입 밖으로 꺼내는 데 용기가 필요하니까, 자기의 나쁜 상황을 인정해야 하니까
"모르겠어"라고 말하며 회피하는 거지요. 회피하는 게 우선 편하니까요.

그런데 채빈 씨, 버지니아 울프는 이렇게 말했어요.

"무엇이든 말로 바꾸어놓았을 때 그것은 온전한 것이 되었다. 여기서 온전함이란 그것이 나를 다치게 할 힘을 잃었음을 의미한다. 갈라진 조각을 하나로 묶어내는 일이 커다란 즐거움을 주는 이유는, 아마 그렇게 함으로써 내가 고통에서 벗어나기 때문일 것이다."

상처를 후벼 파서 기어코 활자화하는 것,
아마 위와 같은 이유 때문이겠지요.
채빈 씨도 자신의 아픔에 더 솔직하고 담대해지기를,
그래서 슬픔에 잠식되지 않기를 바라요.

혹시 바라는 대로 안 될 경우에도 채빈 씨는 잃는 게 없을 거예요.

오늘 친구와 통화를 하며 제가 이런 말을 했거든요.

"정말 나를 힘들게 하던 게 결국엔 내 몸에 배어, 내게 영향을 끼치고, 삶을 변화시키는 것 같아.
나를 지불하지 않고는 얻을 수 없는 것들,
결국 그게 귀한 거야."

괴롭고 슬픈 감정에서 무리하게 벗어나려 애쓸 필요는 없지만 모든 것을 비관적으로 생각해 자신을 상하게 하지 않았으면 좋겠어요.

날마다 안 좋은 일들이 생기고,
상처받은 사람들이 가득한 한국이지만…
우리가 어떻게 할 수 있을까요?
그저 애쓰며, 그중 가장 나은 선택을 하며 겨우겨우 나아갈 수밖에요.

먼 곳에서 그 나라 사람들이 어떻게 사는지 꼼꼼히 봐두고, 친구도 만들고, 즐거운 일도 꾸미고, 글도 쓰고, 새로운 일도 하면서
채빈 씨가 조금은 행복해하는 모습을 볼 수 있었으면 좋겠어요.

브리즈번을 만끽하길 바라요.
그곳이 아름답다는 이야기는 들었는데.
어렵다는 거 알지만, 부디 마음의 여유를 갖고 생활하기를.

요새 저도 영어공부를 해요.

나중에 잠깐이라도 다른 나라에서 살아보고 싶어서요.

채빈 씨는 이미 지금, 내가 퍽 부러워하는 사람!

말이 길어졌네요.

답장이 늦어져서 미안해요.

이곳에 나쁜 일들이 많아서, 한동안 허둥댔어요.

잘 지내야 해요.

나중에 그곳에서의 시간이 그리워질지도 모르니까, 후회 없이 지내기를.

건강 잘 챙기고요.

2016. 11. 16.

연준 언니가.

편지 2

★

꽁꽁 묶인 단어들을 우리는 말할 수가 없었다.[15]

★

비바람이 온다더니, 날이 쨍해요.
덕분에 덥지도 않고 기분 좋은 바람이 불어요.
베갯잇과 이불까지 모두 걷어 빨래를 해서 널어놓고,
커피를 한 잔 내려 이렇게 컴퓨터 앞에 앉았어요.
평화로운 오후네요.

이제는 답장을 쓸 수 있을까, 보낼 수 있을까,
늘 그런 마음이었는데
오늘은 왠지 이 편지를 마칠 수 있을 것 같은 기분이 드네요.

두 달 전 보낸 그 편지에 어떤 말들을 중얼거려놨는지,
사실 기억나지 않아요.

다만 그 편지를 우체통에 넣으면서

반가워야 할 편지에 너무 어두운 마음을 담아놓은 건 아닌지 싶어져 잠깐 망설였던 게 기억나요.

그러나 그때의 저와 지금의 저는 또 완전히 다른 모습이고,

그런 의미에서 지금의 저는 언니가 바라는 모습처럼 밝게 잘 지내고 있어요.

낯선 곳에 정착하게 될 때 반드시 느껴야 할 외로움, 그리움, 두려움을 잘 지나왔고,

여기에서도 애정을 담을 수 있는 것, 아껴줄 수 있는 것,

기댈 수 있는 것들을

하나씩 찾아내고 있어요.

그리고 무엇보다,

어느 한 사람 덕분에 사랑이 무엇인지를 알았지요.

아니, 사랑이 무엇인지 다 알았다기보다

'아, 이게 사랑이구나.'

머리가 띵해지도록 깨닫는 순간이 있었어요.

누군가를 사랑해서 그토록 황홀했던 것이 처음이었고,
그토록 신음했던 것도 처음이었고,
어느 한 사람이 멀어진 것으로
그토록 커다란 허전함을 느낀 것도 처음이었지요.

제가 정말 반짝이는 사람이라면,
그에게 그 빛과 그 어둠까지를 모두 보여주고 싶다고 생각했어요.

이 사랑이 아니었다면, 언니의 물음에 어떤 대답을 해야 할지 여전히 알지 못했을 거예요.

늘 희미하고, 추상적이고, 비밀스럽게 깔아놓기만 했던 제 고민을 이제 와 고백하자면,
저는 제가 사랑을 할 수 없는 사람이라고 생각해왔어요.
"사랑 불구자"라고요.
그리고 그건 제가 너무 많은 슬픔을 염두에 두기 때문이라고, 너무 많은 종류의 슬픔을 예감하고, 과하게 느껴버리기 때문이라고 얼마 전에 알게 됐어요.

언제부터인가

저는 병적으로 슬픔에 대해 생각하기 시작했고,

슬픔이라는 감정에 너무 많은 마음을 빼앗겨버렸어요.

어떨 때는 슬픔을 느끼는 데서 희열을 얻었죠.

슬픔의 종류를 혼자서 분류해보고, 상상해보고, 분해해보는 시간이 길었어요.

그러다 보니 결국 모든 것이 슬퍼졌어요.

어떻게 설명해야 할지…

이것이 글로 전해질 수 있을지 잘 모르겠네요.

주변에서 벌어지는 모든 일들에서 저는 슬픔을 가장 먼저, 가장 잘 느껴요.

누군가를 만나게 되면, 그들에게서 받을 상처를, 그리하여 겪게 될 아픔을 예감해요. 작은 말들을 부풀려 먹구름을 만들고, 그 안에서 곧잘 울어요.

저는 이토록 작고, 소심하고, 겁이 많고, 마음이 얇은 사람이라 항상 맞서지 못하고 도망치기 바빴어요.

누군가에게 빠져들게 되면 늘 저를 제가 먼저 막아섰어요.

더 가면 안 된다고, 나중에 범람할 슬픔을 견딜 수 있겠냐고 얘기하면서요.

그래서 제가 가장 해보고 싶은 건 아무것도 미리 걱정하지 않고 슬픔에 지배당하지 않고 부딪혀보는 거예요.

사랑에 거침없는 사람이 되는 거예요.

그리고 지난 첫사랑으로 그 가능성을 느꼈어요.

이번에도 저는 두려움으로 그 사랑을 놓쳤지만,

사랑을 알았다는 기쁨보다 끝내 그에게 사랑한다 말하지 못했던 슬픔으로

지난 한 달을 끙끙거렸지만,

적어도 무참히 깨져봤다고 얘기할 수 있을 만큼 커다란 용기를 냈고, 내 마음에 솔직했어요.

늘 멈췄던 선보다 몇 발짝 더 다가갔어요.

주먹 불끈 쥐고, 걸어가봤어요.

그 슬픔을 허물처럼 벗고 나온 지금,

그 사랑에게 무척 고맙고, 무엇보다 개운해요.

마음 아플 것을 알고 나를 그 자리에 가져다 놓는 거

해볼 만한 일이더군요.

저는 앞으로도 계속,
용기 내어 부딪히고 깨지고
슬픔을 꼭꼭 씹어 넘기며 후회 없이 지낼 거예요.
좋지 않은 시절에,
함께 걷고 함께 싸우고 싶은 마음이 가득한데
멀리서 이렇게 보고 있자니 답답한 마음이 커요.
늘 응원하고, 기도하는 수박에요.

우리 허둥대지 말고,
정신 바짝 차리고 이 계절을 함께 잘 지나가요.

2016. 11. 27.
채빈이가요.

이 편지를 받고, 얼마 뒤 채빈을 '처음' 만났다. 냇물에 반쯤 잠긴 조약돌처럼 말갛네, 피부가 모찌もち처럼 말랑하고 탄력 있어 보이네, 생각했다. 염려했던 것보다 건강한 상태로 보였다. 아마 이 아이의 영혼도 부드럽고 말랑하겠지. 외부의 압력에 눌려도 금세 복원될 것이다.

유연함과 탄력을 장착한 20대니까. 쉽게 상처받을 수 있지만 그만큼 회복도 수월한 나이다. 중심을 쥐고 있다면 쉽게 상하지 않을 것이다.

우리는 서교동의 작은 식당에서 스파게티를 먹고 맥주를 마셨다. 처음 만나는 자리라 긴장된다며 이마에 맺힌 땀을 닦던 그녀의 모습에서 나는 무얼 봤을까? 오래전, 아주 오래전 내 모습? 아니다. 이 아이는 그때의 나보다 더 싱싱하고 선한 의지로 팔딱이며 건강하다. 껍데기는 단단하지만 속은 부드러운 열매처럼 야무져 보인다. 젊다기보단 내 눈엔 앳되어 보인다. 어떤 검댕을 묻혀도 흐려지지 않는 빛과 때 타지 않을 사유. 나는 이 친구가 한없이 사랑스럽게 느껴졌다(젊음을 질투하기보다 감탄하다니, 늙었나?).

나는 그녀가 다시 보내온 편지, 사랑과 슬픔에 관한 이야기에 답을 하는 대신, 그녀를 만났다. 만나서는 바보처럼, 아무 말도 못 해주었다. 무슨 말을 할 수 있을까? 그냥 얼굴을 마주 보고 웃었다. 가벼운 이야기만 골라 나눴다.

편지에 대한 답을 못 해 지금까지 마음이 편치 않다. 이 지면을 통해 그녀에게, 또 실연한 사람에게, 울다가 우연히 내 쪽을 바라본 사람에게 이야기하고 싶다. 툭. 말을 걸고 싶다.

편지 3

마른 나무에게

★

완전하게 잘될 것 같지는 않아요. 사람에게는 의지보다 더 강한 것이 있잖아요. 그렇지만 언제까지나 슬퍼만 하며 지낼 수는 없습니다.[16]

★

채빈,

잘 지내니?

시드니에 다녀와서 얼굴을 보기로 해놓고, 또 이렇게 시간이 지나버렸네. 나는 네 앞에서 항상 연락을 자주 못해 미안하다고 용서를 비는 일만 하다 져버리겠군. 앞으로 미안하단 말을 하지 않을래(미안한 일을 만들지 않겠다고는 못 하고). 우린 꽤 가까워졌으니까. 우린 아무 사이도 아닌 사이는 아니니까(무슨 랩 같지?).

시드니에서 돌아오니 내가 사는 파주는 온통 '초록'이

더라. 놀랐어. 떠나기 전만 해도 더디게 색이 진해지던 이파리들이 몰라보게 자란 거야. 성년으로. 매미들은 때늦은 울음으로 시끄럽고, 입추 말복 지났다고 바람은 소슬해졌어.

오늘 아침에는 아파트 단지에 있는 피트니스 센터에 가서 30분쯤 러닝머신 위를 달리고, 40분 동안 꼼꼼히 스트레칭을 했어. 그랬더니 어떤 일이 벌어졌게? 몸이 순하게 움트는 봄나물처럼 가뿐하고 유연해지더라. 팔다리를 아무렇게나 뻗으면 20센티미터쯤 더 길어질 것 같아!

채빈.

마음이 무거울 땐 뛰어봐. 심장이 터질 것 같으면 숨을 몰아쉬며 살살 걷고, 다시 뛰어. 러닝머신 위가 아니라면 더 좋겠지. 그리고 중요한 것! 스트레칭을 하려거든 30분쯤 빨리 걷거나 천천히 뛰고 난 뒤에 하렴. 땀과 열을 낸 상태의 몸은 커피가루에 뛰어들 준비가 되어 있는 끓는 물 같은 거야. 몸이 노곤해지고 향기로워질 준비가 되었다는 거지. 이 순서를 기억하면 좋겠어.

아이들에게 영어를 가르치는 일을 시작했다고 했지?

퍽 즐거운 일이라고 하니 다행이다. 10여 년 전, 나도 꼬맹이들에게 글쓰기를 가르치는 일로 생계를 꾸리던 때가 있었지. 아이들은 대체로 말을 안 들었지만 나쁘지 않았어. 너도 알잖아. 세상에 구태의연한 아이는 없다는 것. 구태의연한 어른들이 아이를 조금씩 구태의연하게 만드는 거지. '신선한 악마들' 사이에서 네 나날이 어떨지, 궁금하구나. 네가 원하는 대로 시를 조금씩 쓰고 있는지, 아니면 마음만 시 주위를 배회하는지? 아무렴 어떠니. 정말, 아무렴 어때. 그게 무슨 상관이람?

지난번 너는 스스로 "사랑 불구자"일지도 모른다는 두려움과 끝난 사랑, 슬픔에 유독 민감하게 반응하는 것에 대해 이야기했지.

채빈, 멀리서 시작하자.
아니, 먼 곳에서부터 생각을 데리고 와.
그러면 마음이 순해진다.

먼 곳에서 걸어오는 네 모습을 상상해봐. 너는 무슨 색 옷을 입었는지, 손에 무얼 들고 있는지, 걸음걸이는 어떤지, 가까이 올 때까지 기다려. 너를 기다려. 조금씩 가까워지면 네 표정을 살피렴. 너를 자세히 들여다봐. 너는 무얼 바라지?

시작되기 전에 실패한 사랑은

이루지 못하고 좌절된 꿈과 같지.

꿈. 지금 여기 없는 것이기에 실현되기를 간절히 바라는 것.

없는 것을 바라는 게 꿈이잖아.

꿈을 이루지 못하게 됐을 때의 절망, 간절할수록 더 진해지는 것 말이야.

너는 스스로 사랑에 있어 불구자일지도 모른다고 말했어. 그건 정확해. 아주 잘 봤어. 너는 사랑 불구자야. 당연하지. 나도 사랑 불구자고, 대부분의 사람들은 사랑 불구자야. 불구자가 어떤 뜻인지 알지? "몸의 어느 부분이 온전치 못한 사람"이라는 뜻이지. 누가 사랑에 있어 온전한 몸과 마음을 가졌다고 단언할 수 있겠니? 온전치 못한 사람이 온전치 못한 사람을 만나(그러나 다들 최대한 온전해 보이는 사람을 만나고 싶겠지?) 지지고 볶는 게 사랑이잖아. 사랑이 별거라고? 아냐. 사랑이 그런 거야. 몸이 온전해 보인다고 건강한 게 아니듯이 몸이 온전치 못하다고 병든 것도 아니야. 인생에는 어려운 게 있다.

그렇지 채빈? 우리가 잘 알 수 없는 게 있지. 그런데 나 스스로 뭔가 온전치 못하다는 것을 깨닫는 것은 정말 중요한 것 같아. 거기서 한발 더 나아가면 상대 역시 마찬가지라는 것을 알 수 있을 거야. '사랑'에 대해 두렵지 않은 자가 어디 있겠니?

그렇다면 왜 두려울까? 사랑이 우리를 잡아먹을까 봐? 맞아. 정확히 그렇지. 내가 상대를 사랑하는 만큼 상대가 나를 사랑해주지 않을까 봐, 나는 끝나지 않았는데 어느 순간 상대의 사랑이 끝나버릴까 봐. 상대에게 상처받아 '내가 아플까 봐' 두려워하는 마음이 사랑의 시작부터 끝까지 항상 도사리고 있지. 그런 게 없을 수가 있나? 그런 게 없이 어떻게 소중한 이가 내 옆에 존재할 수 있겠니(여기서 사랑을 꿈으로 치환해도 똑같음). 그러니까 실패에 대한 두려움은 누구나 다 갖는 거 아닐까? 사랑에 국한된 이야기가 아닐 수도 있겠다. 그게 무엇이든, 시작할 때는 잘못될 수 있는 '위험'도 같이 시작하는 거지. 사람이 태어날 때 그의 죽음도 같이 태어나듯이. 태어나는 데 성공한 것처럼 우리는 죽는 데도 성공할 거야. 두렵지만, 그렇지 않겠니? 그게 진실이지.

너는 말랑하고 여린 마음을 갖고 있지. 그래서 두려워

하는 거야. 그러나 채빈, 너도 화가 프리다 칼로 잘 알지? 사랑이 주는 상처가 두려워 그녀가 도망갔다면, 오늘의 내가 책상에 앉아 그녀의 작품을 들여다보고, 그녀의 사랑을 생각하며, 무언가를 끼적이는 시간도 오지 않았겠지. 사랑이 그렇게 지독한 거라고.

물론 프리다 칼로는 병적이었어. 병적으로 자신의 고통을 감수하며 사랑을 지켰지(사실 누구에게도 이런 사랑을 하라고 추천하고 싶지 않구나). 그녀가 사랑한 디에고 리베라는 멕시코의 천재 화가지만 사랑을 돌보고 가꾸는 면에선 저능아였다고 생각해. 사랑하는 이에게 상처를 주지 않는 방법을 모르는(구제불능일 정도로 모르는!) 사람이었잖니. 그게 자신의 힘으로 어찌할 수 없는 일이었다 해도 결과가 달라지진 않지. 찔린 사람에겐 피가 나고, 다친 사람은 병들고, 스러지는 걸. 프리다 칼로는 이 모든 것을 작품으로 얘기했지. 사랑이 얼마나 거지 같은지, 얼마나 커다란지, 포기할 수 없는지, 자신을 상처 입히는지, 슬픈지, 붓을 들고 표현했어. 나는 그녀가 '고백'했다고 생각하지 않아. 그녀는 누구에게 고백한 게 아니라, 자신에게 자신의 상태를 납득시키려고 '표현'했을 뿐이라고 생각해. 누구를 위해서 예술을 하는 사람은 없거든.

그녀는 더 이상 표현할 수 없을 만큼 '적나라하고, 동시에 우아하게' 표현했고, 고통을 벽에 걸어두었지. 첫 시집을 쓸 때, 나도 조금은 그랬어. 무아지경이지, 그런 상태는. 자신의 고통을 벽에 걸어두는 일. 밖에 누가 있는지, 누가 와서 이 끔찍한 것들을 볼 건지, 망치나 못은 어떻게 생겼는지 보이지 않지. 김경미 시인은 "고통이 이 몸 왕비 삼으사"로 시작하는 시를 쓴 적이 있지. 그 구절을 한때 주문처럼 외우며 나를 위로했어. 고통이 나를 왕비로 승화시킨다면 기꺼이, 이런 치기 어린 마음이 있었나 보지?

지금도 미술관엔 프리다 칼로의 고통이 여러 점 걸리고, 사람들은 구경하겠지. 관람이라고 우아하게 표현해봐도 달라지는 건 없지. 확실히 프리다 칼로에겐 병적인 광기가 감돌아. 근사한 불치병에 걸린 거야. 디에고 리베라의 (역시) 병적인 여성 편력을 참아내다, 급기야 그가 자신의 여동생과 관계를 가졌다는 사실을 알았을 때 프리다 칼로는 이혼을 결정했어. 오래지 않아 다시 재혼하지만, '우선' 그들에겐 이혼이 최선이었을 거야. 사랑이 끝나지 않았으니까. 어떤 커플은 사랑이 끝나지 않아서 이혼하는 것 같아. 그렇게 보여. 관계는 이미 끝났는데 사랑이 끝나지 않은 경우가 종종 있잖아. 사랑이 끝났는데도 관계가 끝나지 않은 경우가 있듯이. 나는 후자가 더 끔찍하다고 생각해. 때로 사람들은 두려워서 관계를 정리하지 못하고 쓰레기통 앞에서 전전긍긍, 썩은 사랑을 들고 서성이다 저물지.

무릎쓰지 않은 사랑은 천천히, 고요히, 오래 간단다. 안전한 강물처럼 흐르지. 그건 평온하고 근사한 일일 거야. 누구나 바랄지도 모르지. 그러나 무릎쓴 사랑은 순간에 영원을 살다 사라질지라도, 무거운 바다처럼 생을 압도해. 정말이야. 생을, 압도해.

이미 시작한 사랑을 어떻게 지켜야 할까?
채빈, 그거 아니?

마음이 변해서 사랑이 죽는 게 아니야.
돌보지 않아서 사랑은 죽는다.
살아 있는 모든 것과 마찬가지로 사랑도, 돌보지 않으면 죽어. 이 자명한 진리를 사람들은 모를 때가 많아. 특히 더 많이 사랑받는 자들은 모르지. 사랑이 어디에서부터 시작하고 어디에서 끝나는지 우리는 알 수 없어. 그러나 끝난 사랑은 누군가 돌보지 않은 결과야. 가꾸지 않으면 집 안에서 자라나는 모든 것은 죽는단다. 나는 그렇게 생각해. 사랑은 깨지기 쉬운 원료로 되어 있어.

"디에고의 이름. 사랑의 이름. 당신을 너무나 사랑하는 나무를 목마른 채로 두지 마세요. 당신의 씨앗을 품었던, 당신의 인생을 결정結晶했던 나무를."[17]

채빈, 너는 "주변에서 벌어지는 모든 일에서" 슬픔을 제일 먼저 느낀다고, 슬픔에 지배당하지 않으려 애쓴다고 말했지. 내 경험에 따르면 작업을 방해하는 것은 슬픔이 아니라 기쁨일 때가 많아. 기쁜 사람은 아무것도 하고 싶지 않은 사람. 그저 사람들을 만나 웃으며 제 기쁨을 나누고 싶은 사람이란다. 그러나 절망하는 사람, 우울한 사람, 슬픔에 빠져 견디기 어려운 사람은 혼자인 사람이지. 혼자 수렁에 빠진 채로, 혹은 수렁에 걸터앉은 채로 자기 재능을 찍어 무언가 창작하려는 사람. 프리다 칼로의 창작 원동력은 결핍과 고통, 슬픔이었을 거야. 건강한 몸을 가지지 못한 것과 사랑의 부재. 인생은 그런 면에서 공평하지. 신이 가혹하게 굴면 굴수록, 영리하고 지독한 인간은 재주를 부리거든. 놀라울 만큼 빛나는 재주.

슬픔이 너를 갉아먹으려 하면, 일단 몸을 줘. 마음껏 갉아먹게 해. 그다음, 야윈 몸을 사용해 네 안에 있는 것을 밖으로 토해내는 거야. 빛나는 것. 네 가장 빛나는 것을 토해내렴. 그게 뭐가 됐든. 그건 네가 찾아야지. 그렇지 않은 채로 훌쩍이는 것은 감상에 지나지 않는다는 것을 잊으면 안 돼. 슬픔도 적극적으로 이용하기를. 그 뒤라면 너는 가장 야위었다고 생각하는 순간조차 살이 쪄 있을 거야. 아름답게.

프리다 칼로가 디에고에게 보내려다 보내지 않은 시의 일부를 소개할게. 난 그런 게 좋더라. 보내려다 보내지 않은 시, 혹은 편지. 도착하려다 만, 누가 읽은 적 없어 깨끗한 상태의 글.

그녀는 종종 시를 썼어. 너도 그렇지?

이 시는 프리다가 죽은 지 3년 뒤, 디에고 리베라가 죽기 며칠 전에 테레사 프로엔사에게서 받은 편지에 적혀 있던 것의 일부야. 죽음을 앞두고, 이 시를 읽는 디에고 리베라의 마음은 어땠을까? 다 읽고, 그의 마음을 생각해보렴. 이제 나는 그가 그녀를 정말 사랑했다고 믿어. 어릴 때는 그렇지 않았지만.

침 속에

종이 속에

공백 속에

모든 선 속에

모든 색채 속에

모든 항아리 속에

내 가슴속에

밖에, 안에

잉크병 속에 글 쓰는 어려움 속에 내 눈의 경이로움 속에 태양의 마지막 달 속에(그러나 태양에는 달이 없어) 모든 것 속에 모든 것은 어리석고도 멋지다고 말하는 것 속에 내 오줌 속에 디에고 내 입속에 디에고 내 마음속에 내 광기 속에 내 꿈 속에 압지 속에 펜 끝에 연필 속에 풍경 속에 음식 속에 금속 속에 상상 속에 병 속에 진열창 속에 그의 술책 속에 그의 눈 속에 그의 입속에 그의 거짓말 속에[18]

사랑은 모든 것에 깃든다, 채빈.
문을 열고 나가서 네가 가장 좋아하는 사람을 만나.
네 속으로 데려가.
모든 것 속에 잠기도록.
그게 틀릴지라도, 어긋날지라도, 상처 입을지라도,

너는 잃는 게 없어.

편지 또 할게.

사랑으로,

2017. 여름의 끝 파주에서 연준 언니가.

추신

지나간 것들이 사무치게 그리울 때, 나는 종종 일본 가수 모리타 도지가 부른 〈우리들의 실패〉라는 노래를 들어. 아주 오래 반복해 들으며 펑펑 울어. 가사를 모르는데도 울어. 시는 그런 걸까? 뜻보다 음악으로 오는 슬픔. 그러고 나면 괜찮아지지. 청승을 간직함으로, 청승에서 벗어나게 되거든. 때론 청승이 우리를 돌본단다.

★

디에고와 나

너는 커다란 모자
챙이 휘어진 붉은 모자
나는 줄곧 모자 속으로 들어가 잠을 잤단다
마음의 얼레를 하염없이 감는 밤
실을 끊고 외출할까, 아침이 오면

밤은 파기된 사랑의 도래지야

너는 내 얼굴에 살고
나는 모자를 쓴 채,

모자를 버렸지

나는 모자 속에서 잠든 붉은 비행접시
오래도록, 날아다녔다

모자 주인은 모자를 잃은 줄도 모른 채

영원히 돌게 하라
하늘에서 도는 붉은 팽이인 나를

기다란 바람 한 줄기 팽이를 때려,
슬픔도
사랑도
고통보다 빨리, 더 빨리
돌게 하라

프리다 칼로, 〈디에고와 나〉, oil on canvas, 29.5×22.4cm, 1949.

3
그땐 억울했고 지금은 화가 난다

★

미술 선생님들은 왜 항상 내게 화를 냈을까

★

아니, 나는 디에고에게서 배우지 않았습니다. 아무에게도 배운 적이 없어요. 그냥 그림을 시작했어요. 물론 그는 어린 소년치고는 썩 괜찮아요. 그렇지만 대가는 바로 나예요.[19]

★

정말이다. 학창 시절 내내, 나는 미술 시간이 싫었다. 어떤 내용으로 수업을 한다 해도 일단 미술이라면 미간부터 찌푸렸다. 어느 정도였냐면 어려워서 쩔쩔매던 수학 시간보다 미술 시간을 더 싫어했다. 게다가 미술은 꼭 두 시간 연달아 붙어 있었다. 수요일 3, 4교시가 미술 시간이라면, 나는 화요일 저녁 무렵부터 한숨을 쉬었다. 수요일 1교시가 되면 전교생들이 가진 크고 작은 불행이 모두 내 작은 어깨 위로 몰려와 착지하는 것처럼 느꼈다. 3, 4교시만이라도 옆 반 친구와 반을 바꿔 수업을 듣고 싶었다.

미술 시간, 그것은 이제 곧 크레파스나 물감, 찰흙 따위를 손에 묻혀야 한다는 뜻이다. 지워지지도 않는 먹물이 옷에 튀거나 귀찮고 까다로운 작업에 끌려다녀야 할 시간이 도래한다는 뜻이다. 미술 선생님들은 '작품'이라는 명목으로 무언가를 만들거나 그리길 요구했다. 오해를 할까 봐 말하는데 내가 모든 창조적인 활동을 싫어한 건 아니었다. 피아노를 연주하거나 글을 쓰는 일은 좋아했지만(손에 뭐 하나 묻힐 일이 없이 깔끔한 일이다) 무언가를 주물럭대서 만들거나 뾰족한 붓으로 형태를 살리며 색을 칠하는 재주는 없었다. '전혀'라고 해도 좋을 정도로, 없었다.

내게 수업을 싫어할 권리는 있어도 거부할 권리는 없었기에 나름대로 뭔가를 그리고 만들긴 했다. 풍경화를 그렸는데 색을 칠하고 나면 추상화로 변해 있고, 찰흙으로 동물을 빚었는데 다리가 다섯 달린 탁자(꼬리가 긴 강아지였다)로 보이는 것은 내 탓이 아니다. 두 시간을 꼼꼼히 사용해 공들여 만들고 그린 게 그 정도인 걸 어쩌란 말인가. 나도 할 만큼은 했다. 친구들이 손으로 입을 막고 웃거나 고개를 저으며 혀를 차는 일, 만든 작품을 집으로 가지고 가니 식구들조차 낄낄거리는 일은 다반사였다. 나는 어깨를 으쓱할 뿐 개의치 않았다. 잘하고 싶은 열망이 없으니(진정으로 재능 없음) 다른 이들의 반응에도 무넘덤했다. 그러나 선생님들의 태도에는? 상처를 받았다.

고통으로 얼룩진 작업 시간이 끝나면 여지없이 '평가'의 시간이 기다렸는데, 그 시간은 정말 끔찍했다. 그도 그럴 것이 내가 만난 미술 선생님들은 대부분, 거의, 항상, 내 '작품' 앞에서 인상을 쓰거나 화를 냈고(성의가 없다나?), 그도 아니면 아예 못 본 척 지나가는 경우도 많았다. 차마 못 볼 것이라도 본 것처럼! 실기 점수는 잘 나와야 '미'였다. 얼마나 '미'를 많이 받았는지, 초등학생 때는 미술은 '미' 자로 시작하는 과목이니까 '미'를 주나 보다, 이렇게 생각한 적도 있었다. 천진무구한가? 그랬던 것 같다.

요새 친구들이 쓰는 말을 빌려 말하자면, 나는 그 유명한 '똥손'이었다. 내 손으로 만든 모든 것은 죄다 끔찍한 형상으로 바뀌곤 했으니까. 이런 일도 있었다. 6학년 말에 졸업문집을 만들어야 했다. 담임선생님이 각자 자기 소개 페이지를 한 쪽씩 만들어보자고 했다. 우선 왼쪽 상단에 이력서처럼 반명함판 크기로 얼굴(자화상)을 그린 후 검사받으러 오라고 했다. 그림을 완성한 사람은 한 명씩 나가서 검사를 받는데, 맙소사! 나는 두 번이나 퇴짜를 맞았다! 처음엔 단호한 얼굴로 "다시 그려와!"라고 말하는 선생님의 반응에 깜짝 놀랐다. 내가 원래 얼굴보다 더 예쁘게 그려서, 닮지 않게 그려서 그런가 보다고 생각했다. 이번엔 '사실적으로' 눈은 작고, 코는 낮게, 얼굴은 납작하게 그려갔다. 예뻐 보이진 않았지만 사실적으로 그려야 한다고 생각했다. 그랬더니 선생님은 짜증이 섞인 말투로 "좀 잘 그려와! 예쁘게!" 이렇게 말하는 것이다. 혼란스럽고 창피했다. 문집에 들어갈 그림을 검사받는 중, 합격되지 않은 사람은 내가 유일했다. 나는 추리했다. 잘 그려와라, 예쁘게. 이 말은 내가 그림을 닮지 않게 그렸다는 게 아니라 못 그렸다는 것, 예쁘지 않게 그렸다는 뜻이구나. 하지만 어떡해? 나는 똥손인데? 친구에게 나를 그려달라고 부탁하려 했지만, 그림을 그리는지 주시하고 있는 담임선생님의 눈 때문에 부탁하지 못했다. 결국 나는 내가 생각하기에 최대한 예쁜 모습으로, 공을 들이고 들여서, 내 얼굴을 그려갔다. 담임선생님은 한숨을 쉬더니 "됐어"라고 말했다. 통과. 그런데 내 귀엔 통과의 소리가 '그만하면 됐다. 정말 구제불능이구나, 넘어가자' 이렇게 들렸다. 20년이 지난 지금도 그때 그 상황이 또렷이 기억나는 것을 보니 내겐 상처가 됐던 모양이다. 하지만 선생님이 생각하듯 내가 그 정도로 구제불능은 아니었을지도 모른다. 생각하면 좀 억울한 데가 있는 것이다. 나는 감이 없었을 뿐이고, 선생님은 끝내 내게 감을 찾아주지 못했다.

또 하나의 일화가 있다. 똥손이라면 나와 쌍벽을 이루던 내 친구 S. 그녀는 무엇이든 열심히 했는데, 늘 결과가 좋진 않았다. 고1. 두어 달에 한 번씩 수능 모의고사를 보던 때였다. 오전 9시에 시작해 오후 5시 넘어 끝나는 시험을 치른 후 채점하는 시간이었다. 우리는 감탄했다. S의 수학 시험지 때문이었다. 문제와 답을 찾아낼 수 없을 정도로, 풀이 과정으로 시커멓게 도배되어 있었다. 채점이 끝나고 우리는 더욱 감탄했다. 그토록 풀이 과정을 빼곡하게 적었건만 네 문제 빼고 다 틀린 것이다! S를 앞에 놓고 미안하지만, 우리는 서로의 어깨를 잡고 헤비메탈 멤버들처럼 고개를 흔들었다. 물론 웃느라고(S, 풀지 말고, 그냥 찍어도, 그보단 많이 맞혔을 거야. 아이고 배야). S도 웃었다. 자기가 생각해도 우스웠던 모양이다. 미술 시간에도 S는 무엇이든 열심히 그리고 만들었다. S는 지점토로 찻잔 세트를 만들어 말리고 있었다. 딱 보기에 우리 똥손을 가진 이들의 작품처럼 평범하게도, 보잘것없게도 보였다. 그런데 한 친구가 S와 장난을 치다 S를 밀었다. 손이 미끄러지고 말았다. S의 찻

잔은 한쪽만 기우뚱한 모양으로 찌그러졌다. 모두들 당황했지만, S는 당황하지 않았다. 찌그러진 점토가 마저 마르길 기다렸다 색을 칠했다. 다음 미술 시간. 우리의 미술 선생님은(나이가 든 여자 선생님이었는데) 놀랍게도 S의 찌그러진 찻잔을 보고 첫눈에 반했다. 찬탄을 퍼부었다. 우리는 웃음을 터트리지 않기 위해 이를 물고 참아야 했다. "이건 놀라운 작품이에요! 정말 대단해!"를 연발하는 선생님 앞에서 S는 당당하고도 고요한 미소를 지었다. 더 놀라운 사실. 수업이 끝나고 선생님은 S에게 그 작품을 자신이 간직할 수 있게 해달라고 말했다. 두고두고 학생들에게 보여준다나? 물론 S는 정중히 거절했다. 그다음 시간에도 선생님은 S의 작품, 엄밀히 말하면 '친구가 밀어서 완성도를 높인 작품'을 탐했고 자기에게 팔라고까지 했다. 팔라고(물론 우리는 하교 길에 '팔라고 애걸하는 선생님 역할'을 하며, S를 놀렸다)? 그럴수록 우리의 똥손 S는 꼬장꼬장한 장인바치처럼 거절했다. 아아 정말 고소하고 통쾌하여라! 선생님의 그 간절한 눈빛이라니. 나는 속으로 이렇게 말했다. 그러지 말고 선생님도 찻잔 하나 빚어서, 친구에게 찌그러뜨려달라고 부탁하세요. 바보 같기는.

다시 내 이야기로 돌아오자. S처럼, 어릴 때 내겐 '미감'이 콩알만큼도 없었다. 타고나지 않았을 뿐더러 후천적으로 교육을 받지도 못했다. 내가 손을 써서 만든 모든 것은 '글'을 빼고는 볼품이 없었다. 어릴 때부터 글은 쉽고 빠르게, '잘' 쓰는 재주가 있어 칭찬을 받았지만, 칭찬 후에는 공책 위를 날아다니는 글씨 때문에 타박을 들었다. 억울했다. 머릿속과 마음이 너무 바빠서, 쓰고 싶은 이야기가 많아서, 손보다 내 안의 이야기들이 나오는 속도가 빨라서 그랬다. 글씨를 정성 들여, 또박또박 쓰다 보면 재미난 이야기들이 다 날아가는데요? 이야기는 달리는 말처럼, 속도가 중요한데요? 이렇게 말하고 싶었지만 하지 않았다. 어른들은 말대꾸하는 것을 싫어했고, 안 그래도 나는 말대꾸하는 것을 좋아하는 아이로 찍혀 있었으니까.

미와 추를 가르는 기준은 사람마다 다를 테지만 객관적으로 통용되는 미적 요소가 있으니, 변명할 생각은 없다. 하지만 나를 가르쳤던 분들의 이마 찡그림, 화난 목소리, 비난하는 말투 때문에 어린 살리에리는 더욱 찌그러진 살리에리로 자신을 초라하게 인식할 수밖에 없었다. 미술에 관해서라면 학창 시절 교실 뒤에 단 한 번도 그림이 붙어본 적 없고, 단 한 번도 칭찬을 받아본 적이 없는 학생이지 않은가. 나는 그림에 재능이 전혀 없고 그림을 그리는 것은 나와 인연이 없는 일이라고 확신했다. 그런데, 이런 내가, 요새 잔뜩 흥미를 갖고 그림을 그리고 있다! 태어난 이래 처음이다.

얼마 전 내가 소속되어 있는 '상냥한 사람들(길고양이 돕는 모임)'이란 모임에서 작가들이 직접 그린 고양이를 스티커로 제작해 판매한 일이 있었다. 고양이를 그릴 작가를 섭외하며 놀랐다. 아니 글만 잘 쓰면 되지, 작가들이 왜 이렇게 그림까지 잘 그리느냔 말이다! 물론 나는 스티커 시안을 그리는 데 참여할 수 없을 거라고 생각했다(앞에 충분히 얘기한 대로). 내가 그렸다간 아무도 스티커를 사려 하지 않을 거야, 의기소침했지만 속으로는 참여하고 싶었다. '혹시' 하는 생각에, 나도 장난스럽게 고양이를 그려 보여준 후 주위 반응을 살폈다. 내 그림 수준을 아는 몇몇 친구들과 남편이(남편이!) 제발 부탁인데 네 그림은 빼는 게 어떻겠냐고, 적극적으로 말렸다. 그러나 내가 장난으로(실은 진지하게) 뭔가를 그릴 때마다 환호성을 지르며 좋아하던 이가 있었으니, 바로 내 그림 선생님 신미나 시인이다. 그녀는 그림을 잘 그려서 《시詩누이》라는 웹툰 에세이집을 발간한 데다, '창비학당'에서 '만만한 그림일기'라는 수업을 이끄는 강사이다. 그런 그녀가 내 그림을 좋아하다니! 물론 내가 얼토당토않은 그림을 그리니 배를 잡고 웃기도 했지만(비웃은 건가), 확실히 내 그림에 호의를 보였다. 결국 안미옥, 신미나 시인의 응원으로 내 고양이(불타는 눈을 가진 거친 고양이)도 스티커로 만들어질 수 있었다! 신미나 시인과 카페에 앉아 커피를 마시며, 색연필과 마커 펜을 늘어놓으며 봉현 작가가 준 작은 스케치노트에 그림을 그리는 시간은 '행복'했다. 왜냐하면 내 그림을 보고 웃어주고, 흥미를 갖고, 칭찬해주고, 응원해주는 사람을 처음으로 만났기 때문이다. 나는 자신감을 가졌고, 이렇게 저렇게 원하는 대로 그려보았으며 그때마다 나의 선생님의 흐뭇한 얼굴을 보았다. 아마 신미나 시인도 이렇게 터프하게 '못' 그리는 그림을 본 건 흔치 않아 재밌었나 보다. 자신감이 생긴 나는 이렇게 으스대기도 했다.

"피카소가 말이야. '당신의 그림은 어린애들 그림 같소'라고 누군가 말하자 뭐라고 했는지 알아? '나는 어린아이의 그림처럼 보이기 위해 평생을 노력했소!' 나는 노력을 안 했는데도 어린 애 그림 같지? 나 혹시 정말 천재 아닐까? 미술 선생님들이 못 알아본!"

신미나 시인은 고개를 내저으며 얼른 그림이나 그리라고, 계속 그리고 싶은 마음을 가지는 것, 자꾸 그리는 게 재능이라며 두고 보자고 말했다. 그 후 나는 처음으로 화방에 가서 마커 펜을 고르고, 색연필을 직접 샀다. 깨어 있는 새벽, 혼자 페소아의 《불안의 책》을 읽다 말고 페소아의 초상을 삐뚤빼뚤 그렸다. 유감스럽게도 요새는 뜸해졌지만, 그림을 그리는 일에 재미를 느껴본 일은 좋은 선생님을 만난 덕분이라고 생각한다.

좋은 선생님은 창작자의 두려움을 깨주고, 자기 색깔을 찾게 도와주고, 계속 창작할 수 있게 '독려'하는 자이다. 재능의 있고 없음을 판가름하고, 비판과 지적을 일삼는 자는 결코 좋은 선생님이 아니다. 특히 어린 아이들에게는, 칭찬이 힘이다. 나는 아직도 내가 만났던 미술 선생님들 때문에 지독한 후유증에 시달린다. 신미나 시인이 아무리 칭찬을 해줘도 나중에는 꼭 이렇게 말하는 것이다.

"원래 되게 못 그렸다고 생각하면서, 억지로 칭찬하는 거지?"

그러면 그녀는 팔짝 뛰면서 내 열등감을 다독인다.

"아니라니까! 너는 선이 되게 거친데 용감해. 주저하지 않고 정직한 선이야. 딱 네 글씨체랑 같아. 굳이 꾸미

려거나 숨지 않아. 또 인물의 특징을 아주 잘 포착해. 색을 쓸 때 보통 사람들은 조화를 생각하거든? 그런데 너는 과감해. 상상하지 못한 색깔을 쓴달까?"

이렇게 황송한 칭찬을 받아도 나는 초등학생 때부터 쌓아온 열등감을 숨기지 못하고 이렇게 반문하고 만다.

"그러니까 조화로운 색을 못 만든다는 거지?"

맙소사! 칭찬을 칭찬으로 받지 못하게 되는 것. 이거 누구 잘못인가요? 어딘가에 묻고 싶다. 이것은 나쁜 교육의 결과이다. 히틀러를 보라. 화가 지망생이었던 히틀러가 지원했던 미술 학교에서 떨어지지만 않았어도 끔찍한 홀로코스트Holocaust는 벌어지지 않았을지 모른다. 인생은 정말 아이러니다. 누군가 나를 탓하지 않고 인정해주는 것. 그것만으로 사람이, 인생이, 역사가 달라질 수도 있다.

나이의 비밀

★

어제는 정말 아프고 많이 슬펐어. 이렇게 환자가 되어 느끼는 절망을 넌 상상도 못할 거야. 끔찍한 불안을 느끼는데 설명할 길이 없어. 때로는 무엇으로도 가라앉힐 수 없는 고통을 느껴. … 그래, 고통을 받고 좌절하는 건 나야, 다른 누구도 아닌 오직 나야. 몸을 앞으로 굽힐 수가 없어서 오래 글을 쓰고 있을 수가 없어. 다리가 아파서 걸을 수도 없고, 책을 읽으면 피곤해져. 어쨌든 읽고 싶은 흥미로운 것도 없어. 우는 것 외에 달리 할 게 없어. 때로는 울 힘조차 없어…. 내 방의 네 벽이 얼마나 나를 절망에 빠뜨리는지 넌 상상도 못할 거야. 그만! 내 절망에 대해 더는 말할 수가 없어….[20]

★

오래전, 먼 나라에 사는 한 소녀가 실의에 빠져 누군가에게 쓴 편지를 지금 이곳에서 내가 읽습니다. 편지를 읽는 동안 한 조각 얼음이 된 기분이었어요. 뇌의 구석구석에 살얼음이 끼는 것 같았거든요. 얼음이 되는 기분이 있다면, 얼음이 녹는 기분도 있을까요? 책상에 앉아, 몸의 얼음이 녹기를 기다리며 당신에게 편지를 씁니다.

'거의' 한 세기 전. 몸의 반이 부셔진 소녀가, 두 눈이 악마의 쓸개처럼 시커멓고, 총기로 번뜩이던 소녀가, 한 자리에서 생의 의미를 깨우치는 장면을 상상해봅니다. 갑자기 모든 것을 알아버린다는 것은 어떤 일일까요?

몇 초 만에 모든 것을 다 알아버렸기 때문에 한순간에 늙어버린, 고통의 행성 주위를 떠돌며 살게 될 자기 운명을 알아챈 여인에 대해 당신과 나는 이야기할 수 있습니다. 우리는 그녀를 알고 있기 때문이지요. 그녀는 "리본을 두른 폭탄"처럼 위험하고도 아름다운 존재로 살다 죽었습니다. 살다, 죽다. 인간이라면 단 한 명의 예외도 없이 겪는 일. 두 마디 동사로 정리할 수 있는데, 살고 죽는 건 왜 이리 어려울까요? 왜 누군가는 앉아서 하루 아침에 백발이 되고, 누군가는 평생을 아이처럼 살다 갈까요? 나이는 어떻게 정해야 옳은 걸까요? 나는 내 나이를 모르겠고, 당신의 나이 역시 모르겠습니다.

여러 해 전 이렇게 생각한 적이 있습니다. 사람은 한 해에 한 살씩 나이를 먹는 게 아니라고요. 몇 해 치 나이를 단 며칠 동안 한꺼번에 먹기도 하고, 여러 해를 지나는 동안에도 조금도 나이를 먹지 않기도 한다고요.

20대 후반을 지나면서, 나는 또래보다 불공평할 정도로 나이를 많이 먹었다고 생각했어요. 그럴 때면 패티킴의 〈이별〉이나 나훈아의 〈해변의 여인〉 같은 노래를 들으며 아무 곳이나 걷다 들어오곤 했어요. 인생은 "기나긴 이별"이라고(챈들러의 소설 제목처럼), 지겹다고, 푸푸 입방귀를 뀌다 들어왔지요. 한 해에 열 살도, 스무 살도 먹은 적이 있어요. 정말이에요. 아침이 되면 눈처럼 쌓인 '나이'가 내 안면 근육을 감싸고 있는 것처럼 느꼈거든요. 아무도 몰랐지만, 나는 알았어요. 그래, 바라는 바다. 늙어라 늙어! 늙자! 오기를 부린 적도 있지만 대체로 시무룩했답니다. 나는 예쁘지도, 밝지도, 젊지도 않은 20대였으니까요. 출근해서 회사 동료에게 물어보곤 했어요. 내가 몇 살을 먹은 것처럼 보이냐고. 요새 빠르게 늙어간다고. 회사 동료는 농담으로 알았는지 볼살이 빠져서 그런다며, 팔자주름 시술을 하고 만족해한다는 자기 친구 얘기를 해줬지요. 아니면 필러를 넣어보라고도 했지요.

그때는 대체로 동 트기 전 드라큘라의 심정이었어요. 끝에 다다른 심정. 돌이킬 수 없을 만큼 늙어버렸기에

곧 빛에 타들어가겠지, 하는 청승맞은 생각. 생각뿐이 아니었는지도 모르겠어요. 프리다 칼로의 말을 다 이해할 순 없지만, "몇 초 만에 모든 것을" 알게 된다는 게 어떤 일인지 조금 알 것도 같았거든요. 죽음은 돈을 뜯어내려는 불량 친구처럼 가까이에서 목을 조르며 장난질하고, 빛은 간혹 당첨되는 5,000원짜리 복권처럼 이따금 찾아오는 얄궂은 '덤'이었지요. 아시죠? 젊은 사람에게 찾아온 늙음이 더 혹독하다는 것을요. 젊은 사람에게 찾아온 암이 더 빠른 속도로 자라 위험해지는 것처럼.

늙음은 고통과 단짝이에요. 슬픔이 제 할 일을 조금 열렬히 하면 고통이 되죠. 고통이 스스로 개선하려는 의지 없이 방탕해지면 늙음이 되고요.

세포 하나하나 빠짐없이 늙어버린 노파를 볼 때면 생각합니다. 저기 고통의 숙주가 지나가는구나. 고통이 새끼를 치고, 또 새끼를 치고, 또 새끼를 치며 저이를 지배했을 시간들이 보여 얼굴을 돌리고 싶지요.

죽기 몇 해 전 프리다 칼로는 아픈 다리를 절단한 후 이런 내용으로 일기를 썼습니다.

"1954년 2월 11일

6개월 전에 다리를 절단했다.

한 세기분의 고통이 지속되었다, 거의 이성을 잃을 정도로. 여전히 자살 충동을 느낀다. 디에고가, 내가 그에게 필요할지도 모른다는 허영이 나를 막고 있다. 실제 그가 그렇게 말했고, 나는 그를 믿는다. 하지만 살면서 이렇게 고통받은 적은 없다. 때를 기다리겠다."[21]

그녀의 고통을, 그녀의 심정을, 디에고를 사랑하는 마음을 제가 어떻게 다 가늠할 수 있겠어요? 죽음을 앞두고 "나의 외출이 행복하기를… 그리고 결코 돌아오지 않기를…" 바랐던 여인이니까요. 누군가에겐 죽음이 오히려 행복한 외출이 될 수 있다는 사실에 서늘해집니다.

낮엔 논두길을 걸었어요.

처서 지나자 더 웅장해지는 풀벌레 소리가 걸음을 멈춰 세웠습니다. 가까스로 삶을 연장해보려고, 혹은 후세에 유전자를 남기고 스러지는 중이므로 이리도 아우성일까요? 푸르게 물결치는 논길을 걷다 문득 아득해진 이유는 이들의 소리는 이토록 요란한데 단 한 마리의 풀벌레도 눈에 띄진 않는다는 것, 존재한다는 것은 알지만 그들 하나하나를 확인할 길이 요원하기 때문이었습니다. 우리의 미래 같거든요. 알아요. 멀리서 오고 있다는 것. 보이지 않지만.

인생의 어느 시점, 어느 무서운 날에 풀벌레 한 마리 한 마리가 한눈에 보여 우루루, 그 얇은 날개들을 털고 민 몸뚱이로 스러지는 게 보일까 봐, 저는 조금 무섭습니다. 가능하면 끝내 모른 채로 무지렁이처럼 살다 가고 싶은 마음이라면 당신은 실망하실까요? 그러나 "미래는 어둡고, 나는 그것이 미래로서는 최선의 모습이라고 생각한다"고 말한 버지니아 울프의 말을 곱씹어보며, 나는 최선을 다해 미래 따위는 모르길 바랍니다.

시간이 갈수록 나는 두렵고, 약해집니다. 당신과 나, 한꺼번에 너무 많은 나이를 먹고 무거워지지 말아요.

★ 파뿌리 생각 ★

발이 왜 필요하지? 내게는 날개가 있는데.[22]

★

카페에 앉아 있는데, 등 뒤에서 이야기가 들린다.

"요즈음 운동 안 하는구나. 다시 면적이 넓어졌는데? 옆으로."

사람을 놀리는데 아주 탁월한 재능을 가진 사람이다. 우회적으로 말하는 듯 보이지만 직설화법이다. 저런 게 더 기분 나쁜 법. 나를 놀린 것도 아닌데 기분이 나빠진다. 등 뒤에 앉은 사람은 남자 셋이고, 그중 살이 찐 사람이 있었나? 뒤를 돌아 확인하고 싶은 마음이 굴뚝같지만 돌아보지 않는다. 절대로 돌아보지 않겠어. 저들에게 시선을 주어 그들이 관심을 받고 있다는 착각을 하게 해선 안 되지. 또한 대화를 엿들었다고 광고하고 싶지도 않다. 두 귀를 닫고(귀에도 덮개가 있다면 좋을 텐데, 눈처럼!) 읽던 책을 계속 읽기로 한다.

존 버거의 《우리가 아는 모든 언어》를 읽는다. 책을 펼쳐놓고 있지만 울적한 기분이 들어 내용에 집중할 수가 없다. 사실 책을 펼치기 전부터, 그러니까 아침에 일어났을 때부터, 아니 어제부터 우울했던 것 같다. 우울은 언제, 어디에서부터 시작하는 걸까? 종종 우울한 사람에게 이유를 물으면 "모르겠어"라는 대답을 듣지만 거짓말이다. 알고 있다. 우리는 무엇 때문에 우울한지, 일상의 어떤 점이 만족스럽지 않은지, 누구에게 실망했는지, 무엇에 상처받았는지, 원하지만 가질 수 없는 게 무엇인지 알고 있다. 알고 있지만 '간단하고 명료하게' 말할 수 없기 때문에 모르겠다고 말한다. 알고 있는 것은 우리의 몸이다. 몸은 감지한다. 그래서 기분이 안 좋으면 몸이 먼저 축 처지는 것이다.

읽고 있는 책에서 존 버거는 '고아'에 대해 말한다. 어릴 적부터 왠지 모르게 고아의 기분을 느껴왔다고. 부모님이 다 계신데도 그랬다고 말한다. 나도 그랬다. 당신도 그렇지 않았는가?

"고아는 현재의 자신에 만족하는 법을 배우게 되고,

그와 함께 어떤 특별한 기술도 익히게 된다. 그는 혼자 살아가는 프리랜서가 된다."[23]

나는 '현재의 자신에 만족하는 법'을 '체념'이라 고쳐 읽는다. 고아인 우리는 체념을 배우고, 고독하나 외로움을 타지 않는 법을 배우면서 어른이 된다. 아니, 어른을 흉내 낼 줄 알게 된다. 고아는 무언가를 기대할 수 없고, 기대해서도 안 된다. 섣불리 품는 희망은 삶 전체에 독을 퍼뜨릴 수도 있기 때문이다. 고아는 희망이 두려워 괜찮은 척, 밝은 척, 아무 일도 일어나지 않은 척 산다. 그렇지 않으면 고아로 넘쳐나는 이 세상이 고아원처럼 보일 수 있으니까. 여기까지 쓰고 나니, 세상이 정말 고아원처럼 보인다. 가족 안에서, 연인 곁에서, 친구들 사이에서 우리는 고독하지 않은가? 우리는 각각 "혼자 살아가는 프리랜서"인 것이다.

우리는 모두 '홀로'라는 옷을 입는다. 각자에겐 각자의 옷이 있다. 사랑하는 연인들도 티셔츠 한 장을 같이 입을 순 없다. 두 몸통을 욱여넣어도 남는 팔 두 개는 길을 잃는다. 프리다 칼로도 그랬고, 디에고 리베라도 그랬다. 모차르트도 베토벤도 정약용도 세종대왕도 모두 관심을 듬뿍 받는 '혼자'였을 것이다. 혼자라는 생각이 꼬리에 꼬리를 물고 멀리 간다. 이토록 모두 혼자인데, 상처를 입을 땐 어떤가? 내가 아닌 누군가 때문에 아프다. 내 존재를 못 견디겠어 괴로운 적도 있지만, 몸부림치면서 아플 때는 대개 당신 때문이다. 혼자면서, 혼자일 거면서 다른 옷을 입은 '다른 혼자'로 인해 우는 존재들.

삼천포로 빠진 독서. 문득 책장冊張의 여백에 내 그림자가 어린 것을 본다. 카페 천장을 올려다보니 머리 바로 위에 조명이 달려 있다. 위에서 아래를 비추는 조명 덕에 책장에 내 머리통 반 즈음이 그림자를 드리운다. 정수리에 돋아난 잔머리칼이 몇 개의 더듬이처럼 보인다. 책을 멀찍이 떼어내고, 다시 위를 올려다본다. 그림자가 생기려면 내 머리통과 책장의 여백과 빛이 서로 어우러져야 한다. 각자의 위치에서 마주 보고 엉켜야 한다. 순간 책장이 캔버스처럼 느껴진다. 내 머리통에 돋아난 잔머리가 이번엔 파뿌리처럼 보인다. 파뿌리? 그래서 옛날 어른들이 "검은 머리가 '파뿌리'가 되도록"이란 말을 사용한 거군, 심심한 깨달음이 하나. 말의 참뜻을 몸을 통해 실감하는 순간이다. 책장이 흔들릴 때마다 내 파뿌리도 흔들린다. 손으로 정수리를 만져보니, 다시 그것은 파뿌리가 아닌 머리카락이 된다. 한참 동안 책에 비친 내 잔머리카락을 바라보다, 생각은 드디어 내 몸의 '뿌리'가 머리라는 데 당도한다. 누군가 나를 심는다면 머리부터 심어야 할 것이다. 내 뿌리가 머리라는 것은 머리카락을 보면, 특히나 책장에 비친 이 잔뿌리들(잔머리카락)을 보면 명확해진다. 책의 진정한 용도는 읽는 것이 아니다. 생각하는 거다. 내 머리카락이 파뿌리가 되고, 내 머리통이 뿌리가 되기까지 나아가는 생각.

무언가를 관찰하다 보면(가령 내 몸의 파뿌리 같은 것), 생각이 이상한 방향으로 넓고 깊어진다. 이미지에 어린 심연에 도달하기 위해 화가들은 처음부터, '다시' 생각하는 훈련을 얼마나 많이 할까? 내가 믿고 있는 것은 믿고자 하는 것이고, 진실은 전혀 다른 곳에 있을지도 모른다.

뒤쪽 남자 셋은 이제 부동산을 얘기한다. 집값이 올랐고, 내렸다고. 이봐요 아저씨들. 어릴 때 나는 '부동산'이 꽃동산처럼 예쁜 '동산'을 말하는 줄 알았다우. 그렇기에 '예쁜' 집을 구하려면 다들 부'동산'으로 들어가야 하는 것인 줄 알았다고요. 부동산이 움직일 수 없는 재산을 의미한다는 것을 알았을 때, 나는 어린 시절에서 멀찍이 밀려남을 느꼈다. 의도하지 않았는데, 떠밀리듯 빠져나오며 조금 얼이 빠졌던가?

울적한 오후. 카페에서 한 무리 남자들이 지껄이는 외모 품평을 듣다 멀리 왔다. 우리는 뿌리를 드러내놓고 걸어 다니는 식물들일지 모른다고, 내 머리가 몸의 가장 아래라는 생각이나 하며 앉아 있다. 우리는 뿌리를 내놓고 다니는 것도 모자라, 감고 말리고 털어내고 지지고 볶고 잘라내며 "혼자 살아가는 프리랜서"들이다.

창밖에 뿌리를 높이 틀어 올려 묶은 여인 하나가 지나간다.

★

그땐 억울했고 지금은 화가 난다

★

진실은 너무나 거대해서, 나는 말하기도, 잠들기도, 듣기도, 좋아하기도 싫어요.[24]

★

이상하게도(이상할 것도 없지만) 취직을 하면 나는 자꾸 잘렸다. 아니, 잘렸다는 것은 핑계고, 스스로 그만뒀다고 봐도 좋겠다(어쩌면 자발적으로 나가도록 종용받았나?).

스물다섯. 대학을 졸업하고 첫 회사에 취직한 때가 4월이었다. 5월이 되자 그만두었다. 한 달 만이었다. 가족은 실망했고, 친구들은 좀 더 참아보라고 했지만 내게도 사정이 있었다. 여러 가지와 불화했지만, 특히 지나친 야근이 고단했다. 일주일에 서너 번은 자정을 넘겨 퇴근했다. 야근 수당 같은 건 없었다. 어느 날은 쉬지 않고 일을 해서 7시 퇴근하기에 도전했다(그야말로 도전!).

양복바지를 배기바지처럼 내려 입고 안경을 코에 걸친 사장이 흥미로운 제안을 들었다는 듯 눈을 치켜떴다. "왜 벌써?" 하고 물었다. 나는 곧 퇴근할 수 있으리라는 기대를 안고 명랑하게 대답했다.

"제가 할 일은 다 끝냈습니다."

그랬더니 사장은 사무실 한가운데 서서, '미친 난쟁이'처럼 방방 뛰며 고래고래 소리를 질러댔다.

"야! 너네! 신입 교육 이따위로 시킬 거야? 자기 일 끝났다고 가?"

사무실 바닥이 무너지지 않은 게, 바지가 흘러내리지 않은 게 다행이었다. 코끝에 걸친 안경이 떨어질까 걱정스러웠다. 나는 빨개진 얼굴로 가방을 내려놓고, 화장실로 달려갔다. 오줌을 누는데 한 방울 눈물이 같이 나왔다. 위아래로 물이 나오는구나, 생각하며 변기 위에서, 나는 다만 쓸쓸했다. 대단한 잘못을 저지른 것 같았는데, 생각해보면 뭘 그리 잘못한 건지 알 수 없었다. 쥐똥만큼(쥐에게 미안하지만) 적은 월급을 받으며 일주일에 몇 번씩이나 새벽까지 일했는데! 오늘 하루 일을 잘 마치고, 정시에 퇴근하려 한 거? 그게 뭐가 잘못된 걸까? 다른 사람들은 어떻게 버티는 걸까. 디자이너들은 보름에 한 번 집에 가기도 하는데, 정말 괜찮은 걸까? 나는 직원들이 보는 앞에서 버러지 취급을 받은 게 부끄러웠다. 오줌을 오래오래 누다, 내 존재도 변기 속으로 흘러가버렸으면, 내가 완전히 쏟아지면 좋겠다고 생각했다.

그해 내내, 나는 다섯 군데의 회사를 입사하고 퇴사했다. 앞문으로 들어갔다 뒷문으로 나오는 사람처럼, 작은 회사들을 '통과'하고 있었다. 밤이 되면 한 손에는 이력서를 다른 한 손에는 내가 쓴 시를 들고 컴퓨터 앞에 앉았다. 둘 다 열심히 썼다. 회사를 그만둬도 한 달 이상을 쉰 적이 없었다. 대학 때도 아르바이트를 쉰 적이 없었다. '열심히'라는 부사보단 '절박하게'라는 부사가 어울리는 삶을 살았다. 월세와 생활비를 충당해야 했고, 세상에서 홀로 살아남아야 했기 때문이다. 나는 한 달 치 생활비를 줄 만한 곳을 찾아 다람쥐처럼 들락날락했다. 그럴듯한 조언을 해주는 사람도, 돈을 주는 사람도 없었다. 그랬으니 엉덩이에 불붙은 망아지처럼 '푼돈'을 주우러 다녔다. 매스컴에선 젊은이들이 "미래를 위해, 여유를 갖고 준비해서 좀 더 비전 있는 회사에 들어가야 한다"고 말했다. 모르는 소리! 미래, 여유, 비전, 계획 이런 말은 콩알만큼이라도 비빌 데가 있는 사람을 위한 것이다. 당장 앞길이 막막한 젊은이들에겐 따지고 잴 여유(그놈의 여유!)가 없다. 그런 주제에 예민해서, 사회의 부조리함에 적응하기 어려웠고, 정치 감각은 심각하게 모자라 회사에서 자꾸 나오게 되었다. 기특하게도 이런 상황에서 시를 포기하지 않고 썼다. 절박해서 썼는데, 재미있는 건 시 쓰는 일밖에 없었다. 가장 돈이 되지 않는(그렇기에 역설적으로 귀중한) 시를 빼고는, 중요한 일이 없는 것 같았다. 시를 갈아치울 순 없었지만, 회사는 숱하게 갈아치웠다. 나는 퇴근 후 '지나친 시달림 없이' 시를 쓸 수 있는 회사를 찾아 자리를 옮겼다(적당한 시달림은 견디었다). 그만두게 될 회사 의자에 앉아, 들어가게 될지도 모르는 회사를 향해 이력서와 자기소개서를 쓰는 일. 나를 팔아야 먹고사는 일을 거칠게 배웠다. 시간이 흐른 뒤, 오은 시인의 〈이력서〉란 시를 읽으며 울컥했다.

밥을 먹고 쓰는 것.
밥을 먹기 위해 쓰는 것.
한 줄씩 쓸 때마다 한숨 나는 것.

나는 잘났고
나는 둥글둥글하고

나는 예의 바르다는 사실을
최대한 은밀하게 말해야 한다. 오늘밤에는, 그리고

오늘밤에도
내 자랑을 겸손하게 해야 한다.
혼자 추는 왈츠처럼, 시끄러운 팬터마임처럼

— 오은, 〈이력서〉 부분[25]

등단한 것 빼고는 특별한 '스펙'이랄 게 없던 내 이력서는 한심했다. 나는 글을 쓰느라 남들 다 하는 토익 시험을 준비해본 적도 없고, 취직을 위해 자격증 공부를 한 적도 없었다. 한 손에는 이력서를, 한 손에는 내가 쓴 시를 들고 저울질해보는 때가 잦았다. 어떤 게 더 무거운지 알 수 없었다. 시는 밥이 되지 않았고, 나는 밥이 필요했다. 시는 날 위해서는 아무것도 하지 않는 아름다운 애인처럼 존재했다. 내가 고초를 겪으며, 먹이를 산 채로 잡아 바쳐야 하는 드라큘라 애인 같은 거(영화 〈렛 미 인〉에서처럼). 애인이 너무나 아름다웠으니 군말 없이 '아무 데'서나 일했다. 좋은 곳에 취직할 여력이 없었다. 늘 시가 먼저였다. 지금은 그게 제일 잘한 일 같다.

조금만 더 말하자. 어느 회사에 면접 보러 갔다 온 일이 기억난다. 무려 한 시간 반 동안 면접을 보았는데 요즘 말로 신상을 탈탈 털린 것은 물론, 별별 것까지 꼬치꼬치 물어보는 통에 영혼이 얇아진 기분마저 들었다. 면접을 보고 나와 고개를 땅에 처박고 돌아오는 길. 2호선 전동차 안에서 눈물이 났다. 전동차는 햇빛 찬란한 지상을 달리는데, 주책없이 왜 눈물이 났을까. 햇빛으로 반짝이는 한강을 보니 서러웠다. 빛나는 한강이 거울 같아서. 내 인생의 현 모습을 비춰주는 거울 같아서, 코가 빨개지도록 울었다. 그때 내가 가진 것 중 빛나는 것은 슬픔밖에 없었다. 가뜩이나 작은 눈이 '단추가 들어가다 끼일 만큼' 작아질 때까지 주룩주룩 울었다. 사람들을 등지고 울었지만, 누구든 보았을지도 모른다. 젊은 여자가 대낮에 왜 저럴까 싶었겠지. 지금도 길에서 울고 가는 사람을 보면 가슴이 미어진다. 길에서 흘렸던 내 눈물들이 한꺼번에 내게 달려드는 것 같다. 길에서 우는 것. 고아처럼 문밖을 서성이며 우는 것.

결국 한 시간 반 동안 나를 살펴보던 사장과 부장은 (임원만 총 두 명인 회사였다. 내가 들어가면 직원이 나까지 총 세 명이 되는 회사) 나를 뽑지 않았다. 그때 나는 딱 시집 한 권을 낸 초짜시인이었지만, 취직하는 데 내가 시를 쓴다는 사실은 결코 득이 되지 않았다. 오히려 그들에게 숱한 핀잔을 들었다(시를 쓴다고? 계속 쓰지 회사는 왜?). 그들이 나를 뽑지 않았다고 해서, 억울한 건 없다. 다만 한 시간 반 동안 사적인 영역까지 파헤치며 나를 조리돌림 하듯 가지고 논 것 같아서, 그땐 억울했고 지금은 화가 난다.

그래, 내겐 뭐가 남았지? 나는 시를 포기하지 않았다. 나를 하찮게 보아 넘기고 의심했던 회사들을 포기했다. 돈 한 푼 안 주고 야근을 밥 먹듯 시키던 회사. 거래처 미팅 때 싸구려 가방을 들고 나가서 되겠냐고 인상을 찌푸리던 여자 상사가 있던 회사. 결국 내 가방에 든 소지품을 책상 위에 우르르 쏟아내고(내 내장이 쏟아지던 기분!), 자기의 구찌 가방에 담아주며 "이거 들고 다녀와"라고 말해 내게 내상을 입혔지(이 여자는 후에 1년 동안이나 내게 전화해, 다시 돌아오라고 사정했다. 나만큼 일하던 사람이 없다나? 나는 일을 못하는 직원이 아니었다). 그 초라한 가방은 내 가난한 아버지가 생일선물로 사준 거였는데! 월급을 시도 때도 없이 밀려 늘 걱정을 하게 만들던 회사. 자기 일을 늘 내게 떠맡기고는 성취만 가로채 가는 상사가 있던 회사. 테스트를 해본다고 일을 잔뜩 시킨 후 정작 나중에 뽑겠다고 말하고 연락 안 준 회사. 면접 때 당신이 뽑힐 것 같나요? 라고 물어서 "일말의 가능성이 있다고 생각합니다"고 대답해더니, "일말이라는 말이 뭔지는 알고 말하냐?"고 맨스플레인 하는 남자가 있던 회사(이 자식아, 내가 "일말一抹"이라는 말도 모르고 이야기할 것 같냐? 개자식아! 지금이라면 이렇게 받아치고 싶다). 이 모든 회사를 '내가' 포기했다. 내가 싫어서, 내가 지나쳐왔다고. 이렇게 생각한다.

어쨌든 내가 기억하는 면접 시간은 유쾌한 기억이 별로 없다. 그게 한국 사회의 수준이라고 생각한다. 내가 구멍에 맞게 작아지도록, 아니 구멍이 나보다 더 커지도록, 나를 구기고 구겨 넣는 순간들. 나는 뭔데? 그러는 너는 뭔데? 내 앞에서 꼬치꼬치 나를 찌르고 미는 당신들은 누구인가? 이렇게 되묻고 싶다.

지금도 사회에서 부대끼는 젊은 사람들, 어린 사람들을 보면 가슴이 미어진다. 그래서 누군가 그들에게 부당하게 굴거나 그들을 힘들게 하고, 열정을 착취하는 것을 보면 참지 못한다. 참지 못하고 화를 낸다. 사람이 사람에게 지켜야 할 예의가 있다. 예의!

우리는 스스로를 돌봐야 한다. 아무도 우리를 돌봐주지 않으니까. 힘을 내야 한다. 내가 옳다고 생각한 것을 믿으면서, 고쳐 생각하면서 계속, 나아가야 한다. 화날 땐 화를 내면서!

★

두 명의 프리다

우리는 왼쪽에 하나 오른쪽에 하나
보이지 않는 곳에 여럿입니다

왼쪽 심장이 신을 벗을 때
오른쪽 심장은 손을 내밉니다
오른쪽 심장이 모자를 쓸 때
왼쪽 심장은 안경을 벗습니다

우리는 대체로 손을 잡고 있지만
잡지 않은 손으로 다른 생각을 합니다
당신이 없는 곳에서 만나
서로를 두드려보고 깨져도
모른 척합니다

가끔 울고 오래도록 구불구불 글씨를 쓰다가,
그림을 그리고 그림 속에서
넘어지고 일어나고 넘어지다
저녁이 되면
다른 심장을 통해 사라집니다

멀쩡한 우리와 멀쩡하지 않은 우리가
얌전히 앉아 기다립니다
아픈 곳을 찾을 수 없어 두리번거립니다

어느 쪽에서부터 피가 시작되었지?
어느 쪽 심장이 더 강할까
어느 쪽 생각이 더 명료할까
어느 쪽 사랑이 더 무거울까
재다가,

우리는 저울을 사랑합니다
사랑하는 저울에 나란히 올라갑니다

프리다 칼로, 〈두 명의 프리다〉, oil on canvas, 173.5×173cm, 1939.

넘겨짚기의 달인들

★

우주의 진리들은 소리 없이 살아간다.[26]

★

"나이 많은 남자를 좋아하나 봐?"

내게 이렇게 물어보는 사람들이 있다. 물어보진 않지만 속으로 혼자 생각하는 사람들이, 실은 더 많을지도 모르겠다. 그럴 때 나는 이렇게 대답한다.

"나이가 많아서 좋아하는 게 아니라 좋아하는 남자가 나이가 많은 거야."

이렇게 말하는 사람들도 있다.

"아버지가 그리운가 봐? 아버지를 대체할 수 있는 남자를 찾나?"

이렇게 단정 짓고 묻는 사람들의 생각은 1차원적이고, 프로이트 식의 사고에서 벗어나지 못했으며, 사유의 깊이도 없기 때문에 딱히 맘이 쓰이진 않는다. 그러나 간혹 너무도 확고하게 자신의 생각이 맞다고 생각하는 이들에게는 이렇게 얘기해주고 싶다(일렬로 세워놓고 꿀밤을 때리는 상상을 하면서).

"아버지가 그리우면 아버지 닮은 남자를 골라 섹스하며 가정을 꾸리고, 어머니가 그리우면 어머니 닮은 여자를 골라 섹스하며 가정을 꾸리는 삶? 그런 인과가 자연스럽게 연상될 정도로 근친상간에 열려 있나 봐요?"

물론 여기에서 방점은 '섹스하며'에 찍혀야 한다. 배우자와 영혼의 동반자로 손만 잡고 살려고 결혼하는 사람은 드물 것이다. 결혼은 남녀 간의 사랑을 전제로 한 사회적 결합이다. 누가 누구를 그리워해서, 결핍된 부분을 채워보려고 하는 행위가 아니란 말이다. 내 아버지를 생각해보자면(나는 우리 아버지와 특별히 친했는데), 아무리 노력해봐도 '내 아버지의 자지'는 내 존재의 근원, 나를 수태시키고 태어나게 했으며 키우기 위해 뼈 빠지게 노력한 자의 심원이지 그 밖에서는 상상할 수 없다. 왜 소중하냐고? 내가 나온 곳이니까. 내게 아버지는 부父이자 모母이고, 내 DNA의 창고이며, 영혼의 뿌리다. 나는 친탁했다. 친할머니, 아버지, 나. 우리 셋은 체형이 손가락까지 똑같다. 야릇하게, 근친 '상간'에 관심을 두는 사람들이 있다면, 부디 다른 데 가서 알아보길.

프리다 칼로가 스무 살 많은(사람들이 얘기하기 좋아하

는 식으로라면 아버지뻘 되는) 남자와 결혼한 이유는 디에고 리베라가 나이가 많아서가 아니다. 아버지를 대체할 수 있는 남자여서도 아니다. 그가 다른 누구도 아닌 디에고 리베라이기 때문이다. 누가 디에고 리베라를 대체할 수 있단 말인가? 내가 나보다 스물다섯이나 나이가 많은 남자와 결혼한 이유 역시 그의 나이가 많아서가 아니라, 세상에 하나뿐인 '장석주'이기 때문이다. 아무리 머리를 굴려 생각해봐도 나는 시 쓰고 글을 쓰는 저 장석주 씨를 제외하고는, 같이 살고 싶은 사람이 없어서 결혼했다. 그뿐이다. 제아무리 나이를 먹었어도 디에고 리베라는 디에고 리베라, 장석주는 장석주, 심수봉은 심수봉, 이주일은 이주일, 프레디 머큐리는 프레디 머큐리다(이상한 결론으로 흘러버렸지만). 그 사람이 아니면 안 되기 때문에 선택하는 것. 결혼은 대체불가능한 사람과 해야 한다고 나는 믿는다.

한 가지 더. 나이 차이가 많이 나는 연인과 사는 일은 같은 시간 속에서 '다른 속도'로 늙는 일이다. 사실이다. 시간 차이로 보는 게 정확하겠다. 시차. 우리 역시 다른 커플과 비슷하다. 어느 시절은 광속으로 흘러가는 시간 속에서 정신없이 지내기도 하고, 어느 시절은 정지된 듯

고요한 시간 속에서 함께 머무르기도 한다. 혹은 우리 스스로 세월이라는 속도를 추월해버려 시간을 따돌리는 별에서 사는 것처럼, 시간이 별 의미를 만들지 못하기도 한다. 나이 차이가 나지 않는 연인도 시차를 겪지 않는가? 같은 장소에 머물러 있어도 당신의 시간과 나의 시간의 낙차가 커서 마음이 서늘해지는 경우가 더 많다. 물리적인 시간 차이보다 극복하기 힘든, 상대적 시간 차. 동상이몽! 또래를 만나 살면서도 여러 가지, 좁힐 수 없는 거리 때문에 고단한 관계를 유지하는 사람들, 누추한 사랑을 모른 체하며 사는 이들도 많지 않은가?

사랑하는 사람은 그가 살아온 시간에 비례해 늙겠지만, 우리가 서로 공유하는 사랑은 다르다. 각자 다른 속도로 살고, 늙는다.

그러니 만나고 사랑하는 데 있어 '나이 차'는 문제가 아니다. '누가 누구를' 만나는가, 이게 더 문제이지! 누구를 만나느냐에 따라 사람은 자신의 최선의 모습을 끌어낼 수도, 최악의 모습을 끌어내며 살 수도 있다. 옆에 있는 사람이 내 최선의 모습을 끌어낼 수 있는 사람이라면 나머지 문제들은 '소소한' 문제에 지나지 않는다.

작가 은유는 "모든 물음은 질문자의 입장과 욕망을 내포하는 법이다"라고 썼다. 그러니 넘겨짚기의 달인들이여, 누군가에 대해 의문을 품고 예단하기 전에 자신의 입장과 욕망을 따져보시라. 그 뒤에 입을 벌려도 늦지 않을 것이다.

리베카 솔닛은 왜 아기를 갖지 않느냐고 질문해오는 사람들에 관한 이야기를 풀어내면서 이렇게 썼다.

"세상에는 닫힌 질문도 있다. 정답이 하나뿐인 질문, 최소한 질문자의 입장에서는 하나뿐인 질문이다. 우리를 무리 속으로 몰아넣고 우리가 무리로부터 벗어날라치면 물어뜯는 질문, 질문 속에 이미 답이 포함되어 있으며 실은 우리를 강제하고 처벌하는 것이 목적인 질문이다. 내 인생의 목표 중 하나는 진실로 랍비처럼 문답할 줄 아는 자가 되는 것, 닫힌 질문에 열린 질문으로 답할 줄 아는 자가 되는 것, 내 내면에 대한 권한을 스스로 가짐으로써 다가오는 침입자에 맞서서 훌륭한 문지기가 되는 것, 최소한 '왜 그런 걸 묻죠?'라고 재깍 되물을 줄 아는 사람이 되는 것이다."[27]

정말이다. 우리를 강제하고 처벌하는 것이 목적인 질문이, 세상에 있다. 그들의 머릿속을 '마땅히'라는 부사가 지배한다. 모든 인간에게 '마땅한' 역할을 부여하고, 자기가 생각하는 상식에서 벗어난 사람에게 다가가 '마땅히 해야 하는 일을 하지 않은 죄'를 묻는 사람들. 혹시 나는 아닌가? 생각하면 모골이 송연해지기도 한다. 마땅히? 그런 게 어딨어. '마땅히'란 부사는 벌거벗은 임금님이 끊임없이 걸치려 하는 옷이다. 없는데 있다고 믿는 것! 그것!

여름의 끝

★

나는 좀 변했을 거예요. 흰 머리가 괴로워요. 마른 것도 그렇고. 이런 문제 때문에 좀 우울합니다.[28]

★

사랑과 계절의 공통점은 시작과 끝을 명확히 알 수 없다는 점이다. 알 수 없이 시작하고 알 수 없이 끝난다.

'여름의 끝'은 조금 특별한 데가 있다. 봄, 가을, 겨울이 끝날 때와는 확실히 다르다. 봄 끝은 여름의 소란을 데려오고, 가을 끝은 겨울의 냉혹함을 데려오고, 겨울 끝은 봄의 생기를 데려올 거라는 예감과 순응 속에서 계절이 매듭지어진다. 그러나 여름은 그 끝에서 유난히 계절의 끝남을 받아들이기 어렵다. 어렵다기보다 마음의 동요와 쓸쓸함을 받아들여야 한다. 요란했던 여름이 과연 끝난 건지 의아하다.

여름! 얼음을 입에 물고 '아그작' 깨물 때 생기는 입모

양처럼, 시원한 것이 알알이 박혀 있는 듯한 단어다. 한 번 발음해보는 것만으로도 몸속에 활기가 몇 그램 솟는 것 같다. 쏟아지던 태양빛과 무더위, 맥주와 아이스크림, 수박과 복숭아, 파라솔이 즐비한 해변, 타들어갈 것 같던 모래사장, 휴가 계획, 비행기, 기차, 자동차, 사람들로 북적이던 숙박 시설, 에어컨 아래에서 독서, 모기와 파리, 수영복과 물안경, 짧은 옷과 모자….

여름에는 누구나 긴장하지 않는다. 긴장은커녕 더위 탓에 얼었다 녹은 떡처럼 흐물흐물, 무기력해지는 사람까지 있다. 긴장하지 않는다는 것은 기후로부터 큰 공격을 받을 일이 없다는 얘기다. 위험에 노출될 일이 적다고 확신하는 동물만이 긴장하지 않는다. 밖에 있을 때도 추위 때문에 종종걸음을 치며 '그게 어디든 실내'를 찾아 직진할 필요가 없다. 어슬렁어슬렁 땀을 닦으며, 티셔츠 속으로 작은 바람이라도 들어오길 바라 셔츠 자락을 괜히 펄럭여보기도 하며, 슬리퍼를 찍찍 끌고 거니는 일을 나는 사랑한다. 1년 내내 붙박여 일에만 열중하던 사람조차 마음이 들썩이는 것도 여름 아닌가? 이렇게 더운데 일만 하고 있을 순 없지. 시원한 것을 마시며 쉴 수 있는 곳으로 어디든 떠나볼까 결심하는 계절 또한 여름이다.

빌리 홀리데이가 부른 유명한 〈서머타임summertime〉은 흑인들이 아기를 재울 때 부르는 곡으로 알려져 있다. 원래 〈포기와 베스〉라는 오페라에 들어 있는 아리아인데, 여러 가수들이 불렀다. 가사는 이런 내용을 담고 있다.

"여름날이야. 살기는 수월하지. 물고기는 수면 위로 뛰고, 목화는 익는데. 오, 네 아빠는 부유하고 엄마는 아름답단다. 그러니 울지 마렴, 우리 아가."

땡볕에서 목화를 따고 종일 일을 해야 했던 흑인 노예들에게도 여름이 다른 계절보다 좋은 때였을까? 이 슬프고도 아름다운 선율에 담긴 가사를 보면 여름에 기대어, 아기에게 긍정의 메시지를 속삭이고 있음을 알 수 있다.

여름을 이루던 풍경이 언제 어떻게 사라진 걸까? 정말 끝났나? 해 질 녘에 반바지를 입고 산책을 나갔다 쌀쌀해진 바람이 발목에 감기면 어깨가 움츠러든다. 떨어져 죽은 매미의 시체를 보거나 귀뚜리의 울음소리가 들리면 울적한 기분까지 든다. 기분이 울적해, 같이 산책하던 사람에게 말하니 나직이 대꾸한다. "이게 바로 여름 끝에 느끼는 멜랑콜리melancholy야."

축제의 끝에서 터져버린 폭죽의 잔해를 밟고 서 있는 기분. 매년 겪지만 여름의 끝은 쓸쓸하다. 막을 수 없기에, 사랑과 활기를 거두어가는 것처럼 느껴지므로 후유증을 남긴다.

태국처럼 여름이 계속되는 나라에서 사는 사람들은 모를 것이다. 여름의 끝에 선 사람들의 아쉬움, 후련하다 생각하면서도 마음 한 자락에 올이 풀린 것처럼 허전한 마음을. 이번 여름 참 대단했어, 아주 징글징글해! 라고 말하면서 돌아서는 등 뒤로 내려앉는 뭉클함. 여름의 끝에 우연히 보게 된 해 지는 풍경 앞에서 뭔가 아주 아주 커다란 것이 지나갔구나, 생각하는 것. 언제 끝난 거지, 내 여름이? 고개를 갸웃하며, 지나간 사랑을 떠올리는 일.

★

물이 나에게 준 것

흐르지 않는 것은 지독한 것이다

내 위에 고이는 것은 슬픈 것들이다
아무것도 놓치지 않는 광장,
뉴욕도 멕시코도 물에 빠져 죽은 저 여자도
내 위에 고이면 작아진다

아직 살아 있는 다리 두 개로 나무를 조여볼까
(한쪽은 쉼 없이 작아지지만)
욕조에 누우면
위로 떠오르는 것들
어머니, 아버지, 갓 태어나 금이 간 것들
희망 사랑 돌개바람 침몰 침몰 침몰

하지 않는 것

욕조는 우주보다 넓고
물 위를 떠가는 슬픔은 하찮아서
방관한 채 바라보려네

지독한 것은 흐르지 않는다

프리다 칼로, 〈물이 나에게 준 것〉, oil on canvas, 90×70.5cm, 1938.

★

감히 내가, 말입니다

★

나는 나의 세계에서 가능한 한 빨리 달아날 것이다.[29]

★

어릴 때 사람을 만나게 되면 나도 모르게 착용하게 되는 마음의 벨트가 있었다. 차에 타면 매는 안전벨트처럼 반자동으로 매게 되는, 벨트의 이름은 '감히 내가'이다. 오해하지 말기 바란다. '감히 네가?'가 아니다. '감히, 내가'이다(박근혜 전 대통령에게 부러운 것은 딱 한 가지, "감히 네가" 벨트를 아무 의식 없이 착용하고 살아왔다는 것, 그것도 대단한 일이다). '감히'의 사전적 의미를 살펴보자.

감히 (부사): 1. 두려움이나 송구함을 무릅쓰고
2. 말이나 행동이 주제넘게

자격이 없거나 주제가 안 되는 사람이 송구함을 무릅쓰고 무언가를 얘기하거나 행동하려 할 때 쓰이는 부사가 왜 내 몸을 휘감는 벨트가 되었을까? 원하지 않는데도 불구하고 왜 나는 이 갑갑하고 촌스러운 벨트를 몸에 감고 사람들 앞에 서야 했을까? 행동에 앞서 '주제'를 파악하며 스스로의 존재를 검열하는 게 자연스러운 일이었을까? 어떤 존재도 그 자체로 귀하며, 하늘 아래 만인이 평등한데!

*

어릴 때 나는 필요 이상으로 겸손했고, 남의 기분을 자주 살피며 폐가 되지 않도록 주의했다. 앞에 나서기보다는 뒤에 있었다. 칭찬을 받으면 "아닙니다"라고 반자동으로 칭찬을 사양하고 부정했다. 누군가 건넨 칭찬은 다시 돌려줄 수도 없는 노릇인데 그랬다. 집에 놀러 온 어른이 용돈을 쥐어주면 고개를 저으며 "괜찮습니다" 하고, 세 번은 사양해야 했다. 세 번을 사양한 후에도 용돈을 건네면 그때 받는 거라고, 그게 옳은 거라고 교육받았다. 그러니까 나는 누가 무얼 권했을 때 예의상 몇 번은 사양하는 게 미덕이라고 배운 거다. 덕분에 나는 아주 오랫동안 내 본성을 누르고(즉흥적이고, 호불호가 강하며, 기분대로 행동하는) '삼가는 습성과 상냥함'을 인위로 장착한 태도로 사회생활을 했다. 물론 연기였다. 본

심은 아니었으니, 일이 잘 풀리지 않을 때도 있었다. 사회에선 상냥하고 예의 바른 행동을 하는 사람을 만만하게 보는 사람이 더 많았다. 배운 대로 상냥하고 삼가며 예의를 갖춰 처신하려 노력했으나, 나를 함부로 대하는 사람 앞에서는 종종 내 본성을 꺼낼 수밖에 없었다. '내가 감히'라는 벨트는 갑자기 풀린다! 내가 정색하며 본격적으로 '화'를 내면 사람들은 아연 놀라는 표정을 지었다. 완전히 다른 사람(그게 사실 나다)을 본 것처럼.

*

물론 상냥하고 예의 바른 태도를 취했을 때 상대도 예의를 갖춰 행동하면 평화롭게 지낼 수 있다. 그런데 나이가 들면서 의구심이 생기고, 간혹 화가 나기도 한다. 왜 나는 그 자체로 살 수 없었을까? 내 본성을 누르고 삼가고 깎아 남들 보기에 좋게 만들어놓는 게 무슨 의미가 있을까? 내게 상냥함과 예의 바름과 삼가는 마음을 주입한 사람은 누군가? 단지 사람이었을까? 사회는 아닌가? 나는 내가 원하지 않는 방식으로 너무 일찍 '체면'을 생각하고, 표리부동해 보일지라도 속마음을 감추게 한 대상에게 화가 난다.

*

기억하기로 내 성별이 여자이기 때문에 집안에서 대우를 못 받거나 차별을 당한 경우는 없었다. 1920년대에 태어난 조부모조차 자식들에게 아들을 낳아야 한다고 부추기지 않고, 딸 하나여도 충분하다고 생각하셨을 정도니 집안 분위기가 고리짝 분위기는 아니었던 거다. 나는 여자라서 집안일을 해야 한다거나 여자라서 공부를 할 필요가 없다는 말을 듣거나 여자라서 남자형제들을 돌보고 희생해야 한다거나 여자라서 명절 때 전을 부쳐야 한다는 얘기는 '다행히' 듣지 않고 자랐다. 여자나 남자나 우리 집에선 그냥 다 같은 '아이'였다. 그러나 지금 생각해보면 사회 관습에 따른 '성' 차별은 있었고, 그에 따른 교육은 내 삶에 영향을 끼쳤다. 나는 여성인 내 존재가 '온순하게 보이길' 바라는 어른들에 둘러싸여 자란 것이다. 이 또한 성차별이다. 이는 우리 집안의 교육 문제가 아니라 유교적 관점으로 여성을 바라본 사회의 문제이다. 《논어》 양화편에 이런 부분이 나온다.

"여자와 소인은 다루기 어렵다. 가까이 하면 버릇없이 굴고, 멀리하면 원망한다子曰: "唯女子與小人, 爲難養也. 近之則不孫, 遠之則怨."

여자와 어린 아이를 '다루어야 할 대상'으로 보는 관

점은 여성과 아이를 동급에 놓고, 미완의 존재이자 하등한 존재로 생각했다는 증거다. 물론 이 문제는 조선시대 유교의 문제만이 아니라 21세기 이전의 서구 사회도 크게 다르지 않다. 시대가 변하며 계급, 성별, 인종 차별의 문제가 부각되었고 많은 사람의 피나는 노력으로 바뀌고 있는 중이다.

*

우리 사회의 근본 정서를 이루는 문화와 교육에는 폐단이 있다. 단지 유교 문화 탓이라고 단정할 수 없을지 모르지만 우리가 지금까지 받아온 교육에는 몇 가지 문제가 있다(요새 아이들은 아니기를 바란다). 먼저 남과 다름을 좋지 않게 보는 시선이다. 오랫동안 우리는 남들처럼 제때 학교에 가고, 취직을 하고, 결혼을 하고, 직업을 갖고, 평범하게 살다 죽는 것을 '정상'이라고 보았다. 여기에서 벗어난 사람은 당연히 '비정상'으로 생각되어 잔소리와 타박을 들어야 했다(한국 사회의 어른들이 왜 결혼 안 하냐, 왜 취직을 안 했냐, 왜 아이를 안 낳냐는 물음을 누구에게든 함부로 던지고 싶어함을 설명하지 않아도 알 것이다).

자기 아이가 '정상'으로 자라길 바라는 마음에 어른들은 특별한 교육을 실시했다. 나는 그것을 '안 돼 교육'이라 부르겠다. 끊임없이 우리에게 주입됐던 "~안 돼"라는 말! 떠들면 안 돼. 수업 시간에 딴짓하면 안 돼. 시끄럽게 하면 안 돼. 장난치면 안 돼. 까불면 안 돼. 말대꾸하면 안 돼. 수업 끝나기 전에 질문하면 안 돼. 학원 빠지면 안 돼. 해도 된다고 한 게 딱 하나 있다! 공부해.

중학교에 올라갔을 땐 금지된 게 더 많았다. 머리카락은 귀밑 3센티미터를 넘게 기르면 안 되었다. 색깔 있는 양말, 장식이 있는 머리핀은 안 되었다. 반지, 목걸이, 귀걸이, 팔찌 등 개성을 표현할 수 있는 물건은 안 되었다. 아무리 추운 한겨울에도 학교에서 지정해준 교복 코트 외에는 입으면 안 되었다. 선생님들은 얼어 죽는 한이 있어도 사복 코트는 입지 말라고 했다. 교복 코트까지 살 여유가 없었던 아이들은 사복 코트를 입고 와서, 교문 앞에서 벗어 종이봉투에 넣어 등교했다. 이를 알게 된 선생님들은 소지품을 검사해 코트를 압수했다. 아우슈비츠도 아니고! 혹독한 추위에도 여학생들은 바지를 입으면 안 되었다(전교생 중에 다리에 화상 흉터가 있는 아이, 딱 한 명만 바지를 입게 했다. 지금 생각해보면 과연 이 방식이 그 아이에 대한 '배려'가 맞나, 의문이 든다). 하복 안에 브래지어만 착용하는 것은 금지 중에도 금지였다. 내의를 입지 않으면 등짝을 맞거나 손바닥을 맞았다. 왜냐고? 내의를 입지 않으면 남학생들을 자극할 수 있기 때문에 불경하고 불손한 태도로 취급받았다. 또 뭐가 안 됐더라? 너무 많아서 일일이 나열할 수조차 없다. 야간자율학습은 선택이 아니라 필수였다. 선생님에게 이게 왜 '자율' 학습이냐고 물어서 호되게 혼난 적도 있다. 쓸데없는 질문, 불손해 보일 수 있는 질문은 하면 안 되었다. 학생에게도 사생활이란 게 있기 때문에 어쩔 수 없이 야간자율학습을 빠지게 되면 다음 날 엉덩이나 손바닥을 맞아야 했다. 야간자율학습 시간에 뒤에 앉은 친구에게 샤프심을 빌렸을 뿐인데, 지나가던 수학 선생님에게 '수학의 정석'으로(얼마나 두꺼운지!) 머리를 세게 맞은 적도 있다. 그때 내 목 길이가 5센티미터는 줄어들었을 거다. 다행히 뇌진탕은 없었지만, 모멸감은 들었다.

*

자라면서 다양한 어른들에게 수시로 들은 말은 "여자가~"로 시작하는 말이다. 여자가 조신하지 못하다, 여자가 헤프다, 여자가 방정맞다, 여자가 꼼꼼하지 못하다, 여자가 말이 많다, 여자가 재수 없게… 등등. 이루 말할 수 없이 많은, 여자라서 갖춰야 하고 여자라서 금해야 하는 태도들.

*

나는 여자로 태어난 게 아니라 여자로 지목당한 게 아닐까?

*

태어나면서부터 누군가에게 '여자아이니 여자로 키우십시오'라고 지목당한 후, 여자라면 '온당히' 이래야 한다고 여겨지는 지침을 사방에서(가족, 친지, 학교, 마을, 사회, 매스컴 등) 받으며(받기 싫어도 전달된다!) 살아온 것이 아닐까? 문제는 이런 지침이 우리 의식에 뿌리 깊이 침투해 지금도 영향을 주고 있다는 것이다. 간혹 옷차림이 분방한 여자를 보며, 여자들이 더 혀를 쯧쯧 차는 경우를 본다. 헤프다는 것이다. 뭐가 헤프다는 건가? 그 이면에는 여자가 '조신하게' 몸 간수를 못 하고, 함부로 행동할 거라는 폭력적인 진단, 짐작이 있다. 그 이면에는 여자는 어떤 상황에서도 몸을 쉽게 허락해선 안 된다는 암묵적 억압이 내재되어 있고, 여성의 몸을 우선 성적 대상으로 보는 시선이 내재되어 있다. 여자의 몸이 누구를 '위해' 존재하는 몸인가? 여자건 남자건 몸은 스스로의 것이다. 어떻게 사용하든 본인의 몫인 것이다.

이런 시선 때문에 여자들은 끊임없이 성적 수치심과 이유 모를 죄책감을 끌어안고 살아왔다. 타인의 시선에 민감하게 반응하며 자라왔다. 요새 아이들은 그렇지 않길, 간절히 바란다.

*

2001년에 히트한 영화 〈엽기적인 그녀〉의 제목이 걸린다. 당시엔 깨닫지 못했지만 배우 전지현이 연기한 캐릭터를 '엽기적'이라고 타이틀을 통해 명명한 감독과 공감하며 조응한 관객들. '엽기적'이란 단어의 사전적 의미는 "비정상적이고 괴이한 일이나 사물에 흥미를 느끼는"이다. 전지현이 맡은 캐릭터가 과격하고, 자기 주관이 뚜렷하고, 천방지축이며, 원하는 것은 생각으로 그치지 않고 원하는 대로 하고, 남자를 오라 가라 할 수 있는 등 개성이 뚜렷한 성격임은 맞다. 그런데 이게 '엽기'까지 한 일이란 말인가? 아마도 그 시대엔 그렇게 생각한 것 같다. 나 또한 공감하며 영화를 보았다. 저런 여자가 어디 있담, 생각하며 모두 웃고 '봐'주었다. 왜? 그녀는 엽기적이라는 생각이 들지언정 아름다운 외모를 가지고 있었으니까. 긴 머리에 하얀 피부 날씬한 몸, 사회가 판단하는 기준에서 완벽한 외모의 여자였으므로 모두 환호했다. 다시 돌아가서 차근차근 살펴보자. 엽기적이란 생각이 들지 않는 여자라면, 그러니까 지극히 정상으로 생각되어지는 여자라면 어때야 하는가? 반대로 따져보면 쉽다. 온건하고 부드러우며(과격하다의 반대어임), 자기 주관이 뚜렷하지 않으며(다른 사람이 원하는 바가 있으면 원하지 않아도 맞춰줘야 함), 천방지축으로 행동하지 않고(마구잡이로 날뛰는 일이 없으며), 원하는 것이 있어도 생각으로 그치는 일이 많으며(타인의 시선을 신경 쓰며), 남자를 오라 가라 하지 않거나 할 수 없는 여자가 '엽기적인 그녀'의 반대 캐릭터다. 물론 시대가 바뀌었고, 그때에 비해 여권이 조금은 신장되었을 것이다. 그렇지만 그 시대를 겪으며 자란 여성의 마음과 몸에는 이런 인식 배어 있진 않은가? 나도 모르게 타인의 시선을 염려하며 행동하고 있지는 않은가? 손님이 왔는데 집 안이 엉망이거나, 남편 옷에 구멍이 났을 때 '당연히 내가' 죄책감을 느끼거나 부끄러워지진 않는가(실제로 나도 모르게 그렇게 된다)? 밖에서 여권 신장을 부르짖던 페미니스트가 집에 돌아와선 시댁 제사를 챙기고 명절에 차례 음식을 만드느라 온몸에 기름 냄새를 친친 감고 보내진 않는지. 이게 옳은 일인가 옳지 않은 일인가 아니면 슬픈 일인가 헷갈리는 것이다. 그렇다고 명절이고 가족이고 다

팽개치고 오늘부터 '나는 나'라고 선언한 후, 무대에서 희생하고 일하는 자의 역할은 그만두겠다고 내려와야 하는가? 지금은 너무 늦었는가? 그러면 언제부터 그렇게 살아야 하는지, 살 수 있을지 고민해보면 되는가? 어디에서부터 어디까지를 고쳐야 하는지, 의식만 바로 세우고 생각을 수정하면 되는 것인지, 당장 하나부터 차근차근 실천하는 게 옳은지, 사회의 안녕을 위해 급진적으로 바꾸려 하지 말고 천천히 행해야 하는지, 산 너머 산이다.

*

보티첼리의 '비너스(비너스의 탄생)'는 한 손으로 가슴을, 다른 한 손으로는 음부를 가린 채 조개껍데기 위에 서 있다. 이 자세는 미술 작품에서 많이 쓰이는 자세로 '정숙한 비너스Venus Pudica'라는 뜻이다. 탄생의 순간 미의 여신은 타인의 시선을 느끼며, 즉 주변을 의식하며 태어난다. '정숙한 자세'로! 세상이 여자에게 요구하는 자세는 무엇인가? 여자는 태어나는 것인가 만들어지는 것인가? 생각이 많아지는 것이다.

아름다움은 유혹의 무기가 될 수 있다. 그러나 여성의 몸이 '사랑의 무기'가 되어 존재해야 할 필요는 없다. 많은 여성들은 은연중에 '사랑받아야 한다'고 세뇌당하며 자랐다(어른들의 입, 동화책, 학교 교육, 드라마, 영화, 책 등 모든 영역에서 증거를 찾을 수 있다). 좋은 남편을 만나는 것을 삶의 목표로 삼은 여성도 있다. 여성은 사랑받아야 할 존재이지 사회에서 존경받는 인물, 세상을 이끌어나갈 인재가 될 필요가 없다고 간접적으로 주지하는 사람이, 매체가, 시스템이 많다. 조금씩 달라지고 있지만 더, 더, 더 달라져야 한다. 여성이든 남성이든 그냥 스스로 충일한 존재여야 한다. 그래야 사랑을 줄 수도, 받을 수도 있다.

*

여전히 누군가를 만나면 나도 모르게 '내가 감히'라는 벨트를 맬 때가 있다. 이제 안다. 이 벨트는 내가 스스로 맨 게 아니라 당신들이 수시로 내게 매주었고, 풀지 못하게 했으며, 어느 순간 옭아매 나를 잠식하게 만든다는 것. 아마도 내가 여자라서, 온순한 게 온당하다고 생각하는 당신들이 채운 족쇄라는 것.

내 기분보다 상대방의 기분을 먼저 살피게 하는 '감히 내가 벨트' 따위는 칼과 가위를 동원하여 조각조각 잘라 버리고 싶다. 나를 작게 만들어놓고 누군가를 존중하는 일은 있을 수 없다. 이 커다란 세상에서 나를 잃어버리지 않고 소중히 지키는 일, 세상이 만들어놓은 여성성에 나를 가두지 않는 일은 중요하다. 종종 내가 한국에서 성장기를 보내지 않았다면, 이런 교육을 받지 않았다면, 더 좋은 사람이 되었지 모른다고 상상한다. 그때는 몰랐는데 돌아서 생각해보면 화나는 일들, 너무나 많다. 도리 없다. 정신 바짝 차리고 스스로 길을 내어 갈 수밖에.

4

사랑보다 위에 있는 것

그 심장 속에 갇혀 나도 점점 무거워진다

★

나는 당신의 두려움 속에, 당신의 커다란 불안 속에, 그리고 당신의 심장 소리 안에 갇히고 싶습니다.[30]

★

서른 무렵. 내 꽃기린과 처음 만났다.

지금은 기억이 가물가물하다. 화곡동 대로변에 있는 꽃집 앞을 걸어가다 멈춰 섰다. 새끼손톱보다 작고 붉은 꽃이 소담스럽게 핀 꽃나무가 눈길을 끌었다. 어여뻐 한참을 들여다보았다. 주인에게 물어보니 꽃의 목이 길어 '꽃기린'이라 불린다고 했다. 코스모스보다 키가 작아 한들거리는 맛은 없었지만, 단단하고 힘이 세 보였다. 코스모스랑 싸우면 이기겠는걸. 유치한 생각이 들었다. 줄기에 돋아난 가시를 보니 더 미더워 보였다. 꽃기린은 선인장과로, 비교적 키우기 쉬운 식물이라고 했다. 꽃도 기린도 좋아하는 나는 이름과 생김새와 특성이 단박에 좋아져버렸다. 꽃과 기린의 만남이라니. 허공에 사다리를 내건 듯, 비스듬히 목을 걸고 서 있는 기린을 보면 왠지 하염없는 기분이 되곤 했는데, 꽃기린을 보면서도 그럴 것 같았다.

당시 나는 작은 빌라에 혼자 살고 있었다. 혼자 살기에도 벅찼기 때문에 살아 있는 것은 기르지 않았다. 고양이를 기르고 이름을 '른'이라 부르고 싶었으나(그때 서른이었으므로) 관뒀다. 물고기를 기르고 싶었으나 죽게 되면 사체를 치우는 일이 걱정돼 관뒀다. 대신 상상 속에서 기를 수 있는 세 마리 물고기를 만들어내 융단, 모르핀, 매니큐어라는 이름을 붙여주었다. 상상이 지겨워져 '장미허브'를 사서 키워보았지만 얼마 안 가 죽고 말았다. 그러니 새 식구로 꽃기린을 들여왔을 때 걱정이 많았다. 잘 자라줄까, 내 옆에서도 안 죽고 배길까? 기대 반 두려움 반으로 햇빛이 잘 드는 창가에 올려두었다. 일주일에 한 번 욕실로 데려가 뿌리가 젖을 정도로 물을 주었다. 꽃말이 궁금하기도 해 검색해보니 영문명이 'crown of thorns'이고, 예수님의 가시면류관을 뜻했다. 꽃말은 '고난의 깊이를 간직하다'라는 뜻. 저 작은 꽃이 고난의 깊이를 간직하고 있다니! 아래로는 험난한 길을 상징하듯 가시투성이지만, 가느다란 목을 허공에 세우며 핀 꽃은 붉고 아름답구나. 꽃기린은 곧 내 하나뿐인 꽃기린이 되었다.

그로부터 10년이 지난 지금까지 꽃기린은 나와 잘 지내고 있다. 결혼을 할 때도 꽃기린은 가장 귀한 식구로 우리 집에 입성했다. 그동안 분갈이를 두 번 했고 키와 부피는 세 배 넘게 커졌다. 작년에 두 번째 분갈이를 해줄 때 서교동 꽃집에 들어가 주인에게 신신당부를 했다. 오랜 시간 기른 아이니 특별히 잘 부탁한다고, 좋은 화분에 영양이 풍부한 흙을 써서 꽃몸살 앓지 않게 해달라고 말했다. 꽃집 주인은 잘 키웠다고 감탄하고는 이틀 뒤에 오라고 했다.

이틀 뒤 꽃기린을 찾으러 갔을 때 깜짝 놀랐다. 옥색 도자기화분에 담긴 꽃기린은 키도 더 커 보이고 모양도 훨씬 근사해 보였다. 문제는 무게였다!

"가장 좋은 화분에, 흙도 많이 들어가 무거워졌어요. 어쩌죠? 가격도 좀 더 나왔고요."

꽃집 주인은 겸연쩍은 듯 웃었다.

나는 마음에 든다고 말하고는 화분을 잠깐 들어보았다. 세상에! 커다란 수박 두 통의 무게는 족히 되어 보였다. 들고 갈 길이 막막했다. 꽃집 주인은 흙이 무겁다는 말을 반복했다. 그날 나는 내 꽃기린이 담긴 화분을 끌어안고 집까지 5분 정도 되는 거리를 스무 번쯤 쉬면서, 겨우 갔다. 어깨, 등, 팔이 고루 쑤시고 진땀이 났지만 내 꽃기린이었으므로 내가 끌어안고 왔다. 정말 무거웠다!

꽃기린은 현재 나와 남편이 이사한 파주 집 베란다에서 전보다 더 잘 자라고, 풍성한 꽃을 피우며 지내고 있다. 예전처럼 욕실로 가뿐히 들고 가 물을 주기는 어렵다. 베란다에 터줏대감처럼 앉아, 빛을 쬐고 바람을 맞으며 물을 마신다. 내 곁에서, 잘 살고 있다. 새로 들여온 다른 식물들도 같이 기르고 있지만, 아무래도 꽃기린과는 조금 다르다. 내가 들인 시간과 정성에 있어 차이가 있기 때문일까?

"네 장미꽃을 그토록 소중하게 만드는 건 그 꽃을 위해 네가 소비한 시간이란다."

비로소 알겠다. 여우가 어린 왕자에게 했던 말의 참뜻. 여우는 한마디 더 했지. 네가 길들인 것엔 언제까지나 책임이 있다고.

종종, 지나치게 아끼는 것은 무거워진다. 선불리 들 수조차 없이 무거워진다. 내 맘대로 옮길 수도 버릴 수도 잊을 수도 없이 무거워져, 그 앞에 서면 쩔쩔매게 되는 것, 그게 바로 내가 사랑하는 것이다. 함부로 할 수 없는 것. 무거운 존재. 그 심장 속에 갇혀, 나도 점점 무거워진다.

★

지독하다는 것

★

내가 나를 그리는 것은 그것이 내가 가장 잘 아는 주제이기 때문이다.[31]

★

B는 거울 앞에 서 있다. 어둠 속에서. B는 나비처럼 팔을 들어 올려 자신의 앞모습, 그리고 옆모습을 관찰했다. 늘어진 젖가슴을 두 손으로 쓰다듬었다. 큼직한 두 덩이 젖을 손바닥으로 가렸다. B는 고개를 한쪽으로 기울인 채 움직이지 않았다. 고개를 아래로 떨구었다. 우는가 싶었지만 아무 소리도 들리지 않았다. 가슴의 무게가 중력에 못 이겨 배꼽 근처로 쏟아질 것 같았다.

쏟아지지 않는 종. 울리지 않는 종. 떨어지지 않는 종.

아무도 죽어 있지 않은 두 개의 무덤이 어둠에 잠기고 있었다. 나는 자는 척했다.

홀로 자기 몸을 들여다보는 자는 쓸쓸해 보인다. 자

신을 둘러싸고 있는 것들이 믿어지지 않아서, 몸 곳곳을 둘러보며 기이한 표정을 짓는 사람. 자기 모습을 믿을 수 없는 사람.

지독한 사랑이 있다. 하늘에서 탑을 거쳐, 바닥을 지나 땅속 깊은 곳에 이르기까지, 높이의 구석구석을 누비고 죽은 사랑. 희喜와 비悲.

지독한 사랑을 경험한 사람은 '자기'를 제대로 본 적 있는 사람이다. 프리다 칼로는 침대에 누운 상태로 자기 모습을 그렸다. 자주.

★

당신의 아름다움

★

나는 디에고를 사랑한다. 그 말고는 아무도 없다.[32]

★

앤 카슨은 《남편의 아름다움》이란 책에서 이렇게 썼다.

"그 무엇에도 충실하지 못했던 내 남편. 그럼 나는 왜 소녀 시절부터 우편으로 이혼 판결을 받은 늦은 중년의 나이까지 그를 사랑했느냐고? 아름다움 때문이었다. 그건 비밀이랄 것도 없다. 나는 아름다움 때문에 그를 사랑했다고 말하는 것이 부끄럽지 않다. 그가 가까이 온다면 다시 그를 사랑하게 될 것이다. 아름다움은 확신을 준다. 알다시피 아름다움은 섹스를 가능하게 한다. 아름다움은 섹스를 섹스이게 한다. 만약 이걸 이해하는 사람이 있다면… 쉿, 넘어가자."[33]

그래, 쉿. 넘어가자.

아니, 넘어가기 전에, 하나만 생각해보자. 아름다움은 무엇인가? 무엇이길래 한 여자의 마음을 수천 개로 조각나게 하고, 조각난 마음을 가까스로 꿰매어 다시 그 쪽을 향하게 하는가? 절룩이는 발로 다시 걷게 하는가? 나는 여자, 혹은 남자에 관한 얘기를 하는 게 아니다. 사랑에 빠진 인간에 대해 말하는 거다. 지독한 아름다움에 걸려든 사람들. 설명할 수 없으리라. 그의 얼굴 어디가, 몸 어느 곳이 아름다운지 말할 수 없으리라. 어리석은 행동과 이기적인 판단, 완전하지 않은 인격에 대해 말할 수 없으리라. 소용없으리라.

한 사람이 다른 한 사람의 아름다움, 자기만 아는 아름다움에 지독하게 걸려들었을 때, 그 아름다움을 설명할 방법이 없을 때, 그 아름다운 존재가 자신만을 향하지 않고 다른 사람을 향해 몸과 마음을 주었을 때 어떤 일이 벌어지는가? 존재의 부식! 존재는 부식한다. 서서히. 끈질긴 속도로. 아름다움은 변하지 않을 것이므로(자기 안에서 일어나는 의식 조작임에도), 변하는 것은 자신이 된다. 쉽게 말하자. 사랑이 식지 않았는데, 식기는커녕 점점 타오르는데, 사랑하는 사람이 다른 사람을 만나는 일. 이런 일은 종종 일어난다. 세상 사람들이 '바람'

이라고 부르는 것. 때로 거세고, 잡을 수 없고, 멈출 수 없고, 지나가버리기 때문에. 광폭하게 불다가 언제 그랬냐는 듯 딴청을 피우기도, 누군가의 세상을 졸지에 풍비박산 내기도 하는 바람!

바람을 제대로 맞아본 적 있는가? 솔솔 부는 바람 말고, 태풍 영향권 아래 놓인 바람. 미쳐 날뛰는 바람을, 온몸으로 맞아본 적 있는가? 지구를 뒤집어버릴 듯 앞과 뒤를 바꾸고, 옆과 옆을 교차시키고, 위와 아래를 섞어버리는 바람. 나무 허리를 휘청이게 하는 바람. 구름을 한쪽으로 다 쓸어버려 하늘의 기울기를 바꾸는 바람. 그런 바람을 맞으며 걸어가본 적이 있다. 쉴 틈 없이 귀싸대기를 맞는 것 같다. 영혼이 꺾이고 부러지는 기분이다. 광풍! 허구의 에세이 《남편의 아름다움》에 나오는 바람, 프리다 칼로와 디에고 리베라 사이에 부는 바람. 이런 바람 속에선 아무 생각도 나지 않는다. 딱 한 가지를 제외하고. 피하고 싶다!

광풍 후, 산발한 머리와 끝나가는 사랑을 추스를 수 있으면 다행이다. 그렇지 못한 사람들도 있다. 앤 카슨은 바람을 피우는 남편을 추궁하는 장면에서, 이렇게 표현했다.

"그는 호텔 방에서, 다친 여왕 나방처럼 훼손된 명예를 질질 끌고 다녔다."[34]

우리는 각자가 산정한 아름다움을, 투명해서 잡히지 않는 헛것을 양손에 그러쥐고 산다. 아름다움은 헛것이다. 부정한 남편의 비루함을, 훼손된 명예를 질질 끌고 다니는 "다친 여왕 나방"으로 보는 것. 아, 이것은 헛것이다! 나를 제외하고, 모든 사람이 똑바로 보는 것! 나는, 나만, 보지 못하는 것! 아름다움에 홀린 자는 장님이다. 눈먼 삼손이다. 눈이 멀어서도 울부짖으며 데릴라를 찾는 것. 그럴 순 없을 거야, 네가! 네가!

너. 당신. 타자. 아름다운 추녀 추남들. 우리를 영원히 고통스럽게 하는.

★

단도로 몇 번 찌른 것뿐

모자 쓴 남자들이 원탁에 모여 앉아
술을 마신다한들
기억이 취할 수 있겠어요?
고작 취하는 것뿐이겠어요?

당신은 그저
단도로 몇 번 찌른 것뿐

괜찮아요

죽은 것들은
번복해서 상하지 않으므로

나, 라는 무덤은 언제
편편해질까요

가죽은 질겼으므로 상처 낼 수 없고
내 이빨도 상하지 않았으므로
다친 건
건강했던 시간 두 송이뿐

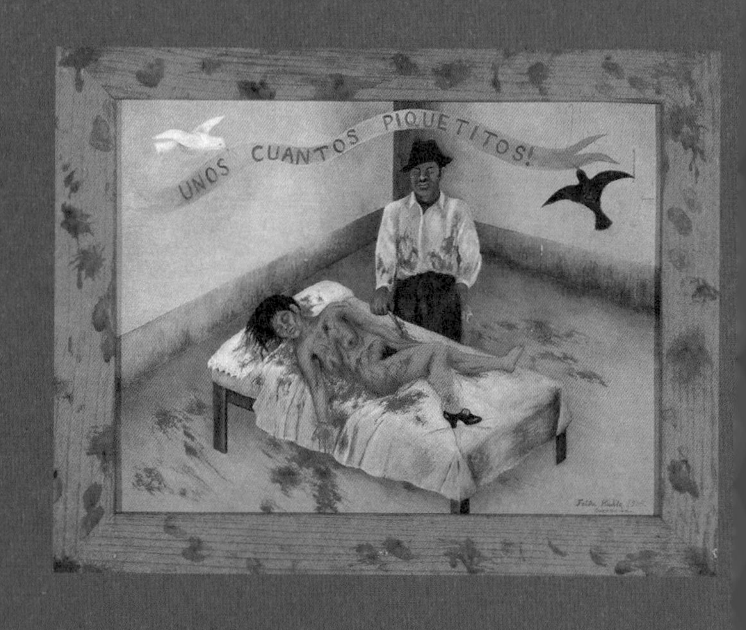

프리다 칼로, 〈단도로 몇 번 찌른 것뿐〉, oil on metal, 30×40cm, 1935.

배신

★

몇 달 동안 그야말로 고통스러운 나날을 보낸 후에야 동생을 용서했습니다. 그러면 상황이 나아질 줄 알았는데 정반대더군요. 디에고에게는 골치 아픈 상황이 좀 나아졌는지 모르겠지만 나에게는 끔찍합니다. 너무나 불행하고 절망적인 상태에 빠졌기 때문에 앞으로 무엇을 해야 할지 모르겠습니다. 잠시 동안이지만 디에고는 나보다 동생을 더 좋아했습니다. 그것이 그의 잘못은 아닙니다. 그가 행복하기를 바란다면 내가 양보해야 하겠지요. 다 알지만 너무 힘들어요. 내가 얼마나 힘들지 모르실 겁니다.[35]

★

"희망은 마음의 암이었다."[36] 엘리자베스 스트라우트의 단편 〈밀물〉을 읽다 이 문장에 넘어졌다. 요란하게 고꾸라진 게 아니라 풀쑥, 무릎이 꺾여 자리에 주저앉았다. 그 많고 많은 희망! 도처에 날아다니는, 잡을 수 없는 깃발, 오지 않는 고도(베케트).

길게 봤을 때, '당신의 배신'보다 힘든 것이 희망이다.

괜찮아질 거라고, 돌아올 거라고, 다시 시작할 수 있으리라 믿는 것.

희망은 '기대'와 단짝이다. 기대는 '실망'과 단짝이다. '실망'은 '절망'과 단짝이다. '절망'은 '고통'과 단짝이다. '고통'은 '아픔'과 단짝이다. '아픔'은 '슬픔'과 단짝이다. '슬픔'은 '비극'과 단짝이다. '비극'은 '파멸'과 단짝이다. '파멸'은 '죽음'과 단짝이다. '죽음'은 '소멸'과 단짝이다.

결국 희망은 존재의 소멸을 불러온다. 그러니 희망은 마음의 암, 맞다.

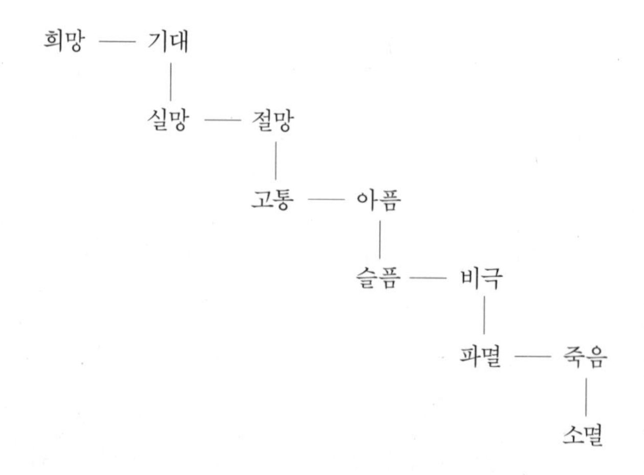

하늘 복판에서 바라보는 눈은 어떨까? 아래로 떨어지는 게 아니라, 헤매는 것처럼 보일까? 사랑의 복판에서 바라보면 배신도 사랑의 한 형태리라. 뜨거웠던 물이 식어빠지는 동안 허공으로 증발하는 물, 물, 물.

예수를 밀고하고 돌아오는 길에, 가롯 유다의 숙인 목덜미에도 피는 돌았으리라. 흔들리지 않아서 귀한 게 아니라, 흔들리며 괴로워한 적 있으므로 희망은 귀하다. 얇아지다 돌연 두꺼워지는 희망. 눈은 계속 내릴 것이다. 희망이 계속 자라듯. 누군가는 뜨겁고, 누군가는 차가워지면서 세상의 모든 연인들은 생기고 사라지리라.

당신이 나 말고, 다른 사람을 만나는 것만 배신이 아니다. 당신이 내 마음을 헤아리지 못하고, 찢어진 상처를 들여다보기를 '거부'하는 게 배신이다. 상처 입을 것을 알고도 상처를 주는 것. 칼을 자유자재로 꺾어 찌르는 것. 쑤시고, 쑤시고, 쑤셔서 복구 불가능할 정도로 외상을, 또 내상을 입히는 것. 감정을 함부로 휠체어에 태우는 것.

배신은 감정이입의 실패다. 당신과 내가 합체되지 못

하고 미끄러지는 것. 당신이 나를 배신했을 때, 내 감정이 자주 휠체어에 올라타던 게 특히, 싫었다. 그것은 불구의 나라서 함부로 혼낼 수도, 일어서라 할 수도 없었다.

★

머리카락을 잘라버린 자화상

—'멍청하고 과격하게' 연주할 것

등 뒤에서 내 코를 향해 배반!
이라고
허리 아래에서 정수리를 향해 배반!
이라고
떠들고 웃는 사이 입술을 비집고 도망가는 미소를 향해 배반!
이라고

얘기하기도 지치지만 이 비스듬한 각도가 배반!
이라고 노래하던 종이 떨어졌다

유방을 자르고, 어제를 자르고, 장미를 자르고, 흐르는 선율을 자르고, 머리카락을 자르니 완성됐다 나무의 어제, 오늘, 내일을 자르니 밤이 오듯이, 사방에 널린 죽음, 지렁이를 닮은 상처, 몸에 감긴 수많은 당신은

입술을 거짓말로 접어놓고

나를 삼킨 입술이 나를 뱉어내는 순환 속에서
다시 태어나리라

가장 높은 음을 머리카락이 항변하리라 열렬하게
살아남으리라, 잘린 채,
썩지 않으리라

내가 이토록 상심한다는 사실을 받아들이기 어렵습니다
나는 나를 이해하기가 그를 이해하기보다 어렵습니다

악보를 그리는 사냥꾼들이 속삭인다
누가 잡힌 그물에 대가리를 또 밀어 넣지?

사냥감은 나빠, 사냥감이 제일 나빠
왜 자꾸 사냥을 부추기냔 말이야!

노래를 부르다 총구를 쓰다듬고, 총알을 입술로 감싸도
흘러가는 구름을 밀어내며
냉큼,
또 죽으러 가는!

나는 가장 나쁜 사냥감이었으므로

세상의 모든 그물을
끊어놓겠다

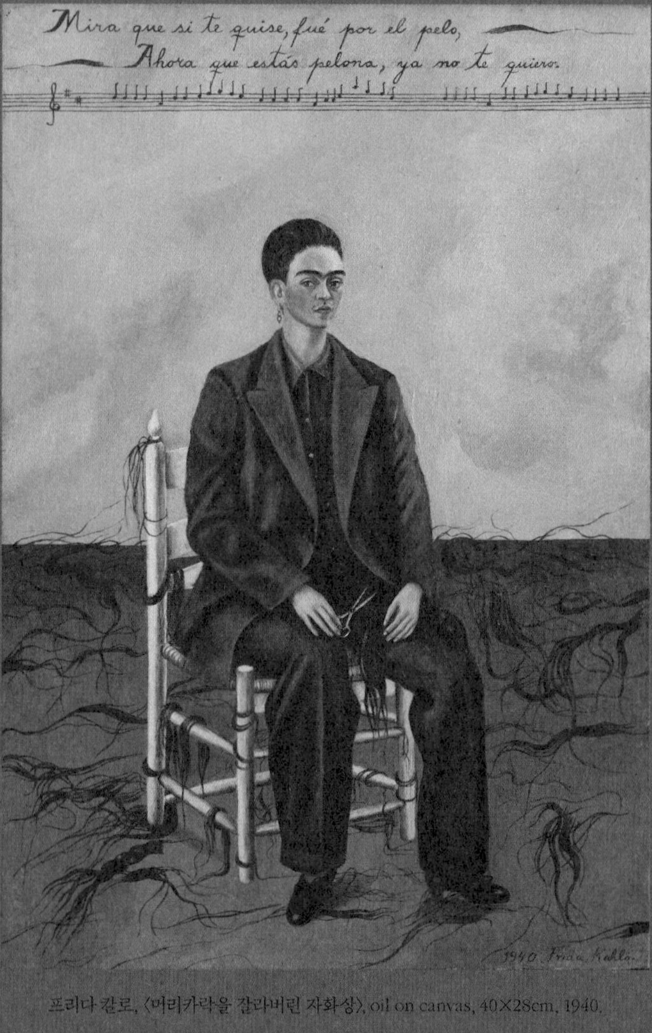

Mira que si te quise, fué por el pelo,
Ahora que estás pelona, ya no te quiero.

프리다 칼로, 〈머리카락을 잘라버린 자화상〉, oil on canvas, 40×28cm, 1940.

★

질투

★

왜 나는 그를 나의 디에고라고 부를까? 한 번도 나의 것이었던 적이 없고, 앞으로도 그럴 것인데. 그는 그 자신의 것이다. 신나게 달리면서….[37]

★

둘도 없이 친한 관계에서 어느 날 질투가 싹텄다면? 질투라는 작은 씨앗이 발아해, 바오밥나무처럼 자랐다면? 그걸 그대로 놔두고, 못 본 척 넘어간다면?

옛날에 비해 내가 안정되어 보인다고 말하는 사람들이 있다. 밝아졌다든가 얼굴이 좋아졌다든가, 편안해 보인다고 말하는 사람들. 그들은 내 '오늘'을 말하며 내 상태를 긍정한다. 그들은 반대쪽에서 이렇게도 말한다. 옛날에 네가 얼마나 어두웠는지, 불안정했는지, 가난하고 비참했는지, 쓸쓸했는지, 고통 속에 살았는지 기억하냐고(내가 잊었을까 봐? 그 많은 것을 다?). 얄궂다.

전과 달라져서 좋아 보인다며, 칭찬인 듯 말하지만 그가 정작 말하고 싶은 건 내 어두웠던 모습이다. 불행의 먹이가 되었던 날들. 잊지 마, 넌 어둠이 친애하던 사람이었어. 그런 네가 지금은? 내 팔자가 변했다고 생각하며 누군가에 일러바치듯이 말하는 사람. 당신의 눈빛과 목소리와 말투를 그러모아, '질투'라고 고쳐 읽는다.

생각건대 질투의 감정은 좋아하는 사이엔 '좀처럼' 일어나지 않는다. 여기서 질투는 둘 사이 제삼자가 등장했을 때 생기는 질투(삼각관계)를 말하는 게 아니다. 당신과 나 사이에 일어나는 질투. 그건 정말 아끼는 사이에선 일어나지 않는다. 변한 것이다. 사랑이 변하고 마음이 변하고 시간이 변해서 관계의 층위가 달라진 것이다.

내 무엇이 당신 마음을 상하게 했을까? 무엇이 좋아 보였을까? 아무리 좋아 보이는 사람이라도, 그 안을 보면 비루하고 쓸쓸하고 괴로운 바다가 넘실대는 법인데. 완전히 행복한 사람은 없다. "타인의 행복이 근사해 보이는가? 그것은 우리가 그것을 '행복한 것'으로 간주했기 때문이다."[38]

질투하는 이의 머리 위에는 가시면류관. 질투하는 이

의 눈에는 탁한 어둠, 질투하는 이의 손에는 투명한 총, 질투하는 이의 발에는 질척한 진흙. 질투하는 이의 얼굴은 불투명한 초록색. 누구를 부러워하는 마음은 순한 빛을 띠지만, 질투하는 마음은 탁한 빛을 띤다. 질투는 내 못남이 내 속에서 너무 커져, 나를 찢고 드러나는 것이니까.

지인이 이와 비슷한 일을 겪고 상담을 청해왔을 때 이렇게 말해준 적 있다. "사람들의 질투는 인기라는 옷에 붙은 먼지 같은 거야. 툴툴 털어버리면 돼." 간혹 먼지가 무서워 옷까지 버리는 사람이 있는데, 아서라. 누군가 날 질투한다면 괴로워하지 말고 감사할 일이다. 내가 뭐라도 가진 걸 테고, 그게 뭐든 좋게 보인다는 거니까.

★

사랑보다 위에 있는 것

★

지금까지는 디에고를 사랑하느라 인생을 소모하며 일에 있어서는 쓸모없는 인간이었지만, 이제는 디에고를 계속 사랑하면서 동시에 진지하게 원숭이를 그리기 시작하려 해.[39]

★

디에고를 용서했을 때 프리다는 아무 데나 휘두르는 데 사용했던 그의 생식기를 용서한 게 아닐 테고, 그의 멀찍이 떨어진 눈을 용서한 게 아닐 테고, 코끼리처럼 무거운 그의 몸을 용서한 게 아닐 테고, 흠 많은 그의 영혼을 용서한 게 아닐 것이다. 그렇다면?

그녀는 디에고보다 위에 있는 디에고, 디에고 너머에 있는 디에고를 용서하고 받아들였는지도 모르겠다. 상처는 상처이고 아픔은 아픔이며, 치욕은 치욕일 테지만. 그런데, 용서라니? 무엇이 용서란 말인가? 용서란 얼마나 관념적인 말인가? 누가 누구를 용서한단 말인가? 그녀는 '사랑보다 위에 있는 것'을 끝내 알아보고, 받아들인 것이리라.

사랑에 비하면 예술은 지독하고 강하다. 사랑이 피 흘릴 때 예술은 다른 곳으로 간다. 다른 곳으로 가서 그곳에 존재하는 낯선 이의 시선 아래서, 보란 듯이 '다시' 싱싱하게 태어난다. 예술은 여러 번 태어난다. 보는 사람의 눈앞에서! 갱신한다. 예술가는 죽어 사라지지만 작품은 그의 죽음을 딛고 살아남는다. 〈까마귀가 나는 밀밭〉을 그린 고흐는 죽었지만, 그의 그림은 살아남았듯이. 숙주가 죽어도, 몸을 바꿔 다른 곳에 뿌리를 내리며 존재를 증식하는 기생물처럼. 잡아먹을 게 없으면, 다시 말해 봐주는 누군가가 없으면 예술은 죽는다. 때문에 작품은 세상에 기생할 수밖에 없다. 피카소의 그림도 모딜리아니 그림도 동식물만 사는 무인도에 갖다 놓으면 쓸모없는 쓰레기일 뿐이다. 쪼아 먹을 수도 없는 것. 하찮은 종이 조각. 그러나 그것에 매료된 단 한 사람의 영혼만 있어도, 그것은 반짝인다. 활개를 펼칠 준비를 한다. 사람은 파이고, 쓸리고, 썩어 문드러지고, 깎여 여러 형태로 훼손되지만, 작품은 견고하게 남아 멈춰 있다. 탄생한 순간을 머금고. 그것을 둘러싼 인간들의 마음이 변한다 해도 작품은 변하지 않는다. 변하는 것은 우리, 움직이는 것들이다.

디에고 리베라와 이혼 후, 진지하게 재결합을 고민하는 프리다 칼로에게 친구 '아니타 브레너'는 이런 편지를 보냈다.

"그는 기본적으로 대책 없는 사람이에요. 따스한 온기를 찾아다니면서 자기가 우주의 한가운데 있다는 느낌을 받고 싶어 합니다. 자연히 그는 당신을 찾아다니겠죠. 당신이 그 많은 사람 중에 자기를 진실로 사랑했던 유일한 사람임을 그가 아는지는 확신할 수 없지만. 그에게 돌아가고 싶은 것은 당연해요. 하지만 나라면 그러지 않겠어요. 디에고가 당신에게 끌리는 이유는 당신을 가질 수 없었기 때문이에요. 그가 완전히 당신을 구속하지 못한다면, 계속 당신을 찾아다니며 필요로 할 거예요. 물론 사람들은 그의 곁에 머물면서 그를 돕고 돌봐주는 동반자가 되고 싶어 합니다. 하지만 그는 바로 그런 것을 견디지 못해요. 그는 골목을 한번 꺾을 때마다 사랑에 빠지는 인간이에요. 당신이 계속 잡히지 않는 곳에 있다면 그는 당신의 사람이 될 겁니다. … 당신이 계속 유혹적인 자세를 취하는 것이 최선의 방법입니다. 완전히 구속되지 말고 자신의 인생을 사세요. 그런 삶이 위기 상황에서 완충제 역할을 해줄 겁니다. '이게 나다. 나는 가치 있는 인간이다'라고 말할 수 있는 뭔가가 내면에 자리 잡고 있을 때 위기도 그다지 힘겹지 않을 겁니다. 나를 나 아닌 다른 사람의 그림자와 완전히 동일시한다는 것이 불가능함을 깨달았을 때, 나는 아무것도 아닌 존재처럼 느껴지고 모욕과 멸시를 궁극적으로 의지할 사람은 자기 자신밖에 없다는 거예요. 모든 것이 여기에서 출발합니다. 상황을 견디고 뭔가를 이루고 유쾌하게 모든 일을 감당하기 위해서 필요한 모든 것이 바로 이런 자세입니다."[40]

프리다 칼로는 이 번뜩이는 통찰을 가진 친구의 말을 듣지 않고, "골목을 한 번 꺾을 때마다 사랑에 빠지는" 디에고 리베라와 결국 재혼한다. 예상대로 그녀는 재혼 후에도 디에고 리베라의 여성 편력 탓에 자주 상처 입었다. 그건 그녀가 선택한 인생이다. 그런데 이 모든 것을 떠나서, 프리다 칼로와 디에고 리베라를 떠나서, 사랑과 아픔, 배신과 고통을 떠나서 아니타 브레너의 편지를 자세히 들여다볼 필요가 있다. 그녀가 정말 중요한 말을 하고 있기 때문이다. 어떤 순간에도 "이게 나다. 나는 가치 있는 인간이다"라고 말할 수 있는 뭔가가 내면에 자리 잡고 있을 때 우리는 고난을 이겨낼 수 있다는 것! 세상이 주는 모욕과 멸시를 이겨낼 수 있게 하는 것, "궁극적으로 의지할 사람은 자기 자신밖에 없다"는 것! 제아무리 위대한 사랑이라 해도, 사랑보다 위에 있는 것은 예술이요, 예술보다 위에 있는 것은 나의 가치를 긍정하는 자세다.

우리를 상처 입히는 것은 대개 외부에 있다. 내가 나를 존중하고 사랑한다면, 인생이 칼끝으로 나를 찌를 때 스스로를 지킬 수 있지 않을까? 그녀가 디에고를 계속 사랑하면서, 동시에 "진지하게 원숭이를 그리기 시작"했다고 말했을 때 안도했다. 태양도, 꽃도, 눈도, 비도, 태풍도, 사랑도, 예술도… 내가 존재하기에 있는 것이다. 내가 없으면, 모든 것은 사라진다. 사라지지 않을지라도, 사라진다.

행복한 외출, 죽음

이 외출이 행복하기를, 그리고 다시 돌아오지 않기를 희망한다.[41]

★

늙어서 맞는 죽음은 손님이다. 오실 줄이야 알았지만, 그게 정말 오실 줄은 몰랐네요, 하고 떨떠름하게 맞이할 수밖에 없는 손님. 더는 피할 도리가 없으니 할 수 없이 맞이해야 하는 손님 앞에서, 죽음을 영접해야 하는 자가 있고 배웅해야 하는 자가 있다. 죽음을 영접해야 하는 자는 죽음의 손을 잡고 이승을 떠나야 하는 사람이고, 죽음을 배웅해야 하는 자는 남아야 하는 사람들, 아직 이쪽 편에서 살아야 하는 사람들이다. 우리는 해와 달처럼, 교차하는 삶과 죽음을 눈앞에서 무시로 보고 겪는다.

좀 특별한 경우도 있다. 죽음이 언젠가 오겠노라는 '약속'의 형태로 존재하는 게 아니라, 어느 때곤 곧 덮칠 것처럼, 시도 때도 없이 들이닥치겠다고 협박하는 경우다. 이때 죽음은 손님이 아니라 적이다. 물리쳐야 할, 두렵고 끔찍한 대상이다. 좀 특별한 사람들에게 죽음은 그렇게 한다. 프리다 칼로의 경우도 그렇다. 죽음은 그녀의 머리 위를 떠도는 작고 영악한 구름처럼, 평생을 그녀 곁에서 어슬렁거렸다. 죽음은 여러 형태로 몸을 바꿔 그녀의 인생에 나타났다. 소아마비를 앓아 비틀어진 오른 다리를 죽음은 혀로 핥았을 것이다. 위로해줄까, 아니면 꿀꺽 삼켜줄까, 약을 올리듯. 죽음은 그녀를 희롱했을 것이다. 건강하지 않다는 것은 틈이 생긴다는 거다. 취약한 부분(틈)으로 죽음이 들고 날 수 있는, 허술한 몸을 가진다는 의미다. 죽음의 볼모가 되는 일.

끊임없이 그녀를 공략하다 죽음이 드디어 성공했을 때, 프리다 칼로는 죽음의 성공을 기꺼워했다. 죽음을 '외출'이라 표현하며 다시는 돌아오지 않기를 바랐다. 미련 없는 퇴장이다.

죽음을 향한 그녀의 발걸음은 가벼웠을까? 립스틱을 바르고, 거울을 한번 바라보고 길을 나서는 여자처럼. 그러나 문밖이 어떨지, 가늠조차 되지 않아 서늘하다.

발을 디딜 곧 없이 안개 속을 헤매는 일일까, 죽음은? 습도와 온도와 중력이 없는 장소에서 견디는 일일까? 삶의 끝은 있는데, 죽음의 끝은 없을까? 끝이 없다면 죽음은 한없이 '길어진 시작'만 데리고 다니는 여정이란 말인가? 몇 개의 물음을 늘어놓고 우두커니, 그녀가 외출하던 날을 그려본다.

이것이 내가 그를 사랑하는 방식이다

★

아무도 모른다. 내가 얼마나 디에고를 사랑하는지. 나는 그 무엇에도 디에고가 상처 입기를 원하지 않는다. 그 무엇도 그를 귀찮게 하지 말기를, 그리고 삶에 대한 그의 활력을 빼앗지 말기를. 그가 자신이 욕망하는 대로 살기를. 그리기를, 보기를, 사랑하기를, 먹기를, 잠들기를, 혼자이기를, 함께 있다는 것을 느끼기를. 하지만 결코 그가 슬프기를 원하지 않는다. 만약 나에게 건강이 있다면 그에게 모두 주고 싶다. 만약 나에게 젊음이 있다면 그는 그 모두를 가질 수 있으리라. 단지, 나는 당신의—어머니—만은 아니다. 나는 배아이자, 어린 싹이며, 그것을 낳은 첫 번째 = 잠재적인 = 세포이다. 나는 가장 오랜 태초부터 "그(디에고)"이다….[42]

★

"난 내 살갗보다 더 디에고를 사랑한다"[43]고 말하던 그녀는 죽었다. 그렇지만 기록이 남아, 오늘의 나를 고통스럽게 한다. 누군가를 내 살갗보다 더 사랑해본 적이 있나? 그녀는 "건강이 있다면, 건강마저 디에고에게 주고 싶다"고 썼다. 어릴 때 소아마비를 앓고 청년기에는 버스 사고로 온몸이 조각조각 부서져본 사람, 크고 작은 수술을 수도 없이 해야 한 사람, 말년엔 한쪽 무릎 아래를 절단해야 했던 사람의 말이 이렇다니!

"프리다가 열여덟 살이던 1925년 9월 17일, 하교 길에 탔던 버스가 전차와 충돌했다. 그녀는 사고 현장에서 말 그대로 쇠기둥에 박혔다. 척추가 부러지고 골반이 부서지고 한쪽 발이 으깨졌다. 그날부터 세상을 떠날 때까지 29년 동안 그녀의 삶은 고통과 병마와의 투쟁으로 점철되었다. 그녀는 '수술 기록을 보유하고 있다'라고 말했다. 그녀는 아기를 간절히 원했지만 끝내 가질 수 없었고(부서진 골반 때문에 자꾸 유산을 했고, 세 번 이상 중절을 해야 했다) 사랑하는 남자에게 곧잘 배신을 당했으며, 때로는 버림받았다."[44]

프리다 칼로는 누구보다 건강한 상태를 염원했을 것이다. 그런 그녀가 건강이 있다면, 건강마저 그에게 주고 싶다니. 이것은 사랑일까, 병일까, 병적인 사랑일까?

역설적으로, 그녀가 건강했다면 사랑에 이토록 절박하지 않았으리라 생각한다. 어쩌면 프리다 칼로는 디에고 리베라를 사랑해서 사랑한 게 아니라, 사랑해야 하기 때문에 사랑했는지도 모르겠다. 그녀의 사랑은 국방의 의무 같다. 살기 위해, 반드시 필요한 것. 고통이 휘몰아쳐올 때 버티기 위해, 산소처럼 들이켤 수 있는 것. 살기 위해서는 볼모로 붙잡아두어야 하는 것. 실제로 디에고 리베라와 관계가 좋지 않았을 때, 그가 그녀를 자꾸 배신했을 때, 프리다 칼로는 여러 번 자살을 시도했다.

그녀는 자기에게 있는 것과 없는 것을 파악하고, 가질 수 있는 것과 가질 수 없는 것을 재빨리 구분한 사람이다. 그녀가 맹목적으로 디에고 리베라에게 매달린 것처럼 보이지만, 어느 순간에는 프리다 칼로가 살기 위해 디에고 리베라를 적극적으로 '이용'하고, 그림을 그린 것으로 보인다. 아픈 사람에게는 모든 길이 비탈길처럼 보인다. 절박하기 때문에. 비뚤어진 마음을 가진 사람은 자신의 비뚤어짐을 바로 세우기 위한 지렛대로 상대가 존재하길 바란다. 물론 무의식적으로 일어나는 일이다(사랑을 의식적으로 '이용'하려는 자에겐 '사랑'이란 언어가 돌아선다). 디에고 리베라는 그녀에게 지렛대이자 버팀목이었다. 붕괴되거나 사라지면 버틸 수 없는 것. 서로 깊이 얽혀 있어, 갈라놓으려고 하면 둘 다 다치는 나무.

그녀는 자신을 둘러싼 크고 작은 사건들을 포함해 불

행과 행복, 재능, 사랑, 마음 등을 '절박한' 심정으로 사용해, 그림을 그렸다. 그녀가 가질 수 없는 것—건강, 온전한 몸—은 오히려 그녀를 진화하게 했다(그림 안에서 특별한 상상으로). 생각을 독창적으로 끌어냈고, 갈 수 없는 곳을 가게 했으며 낳을 수 없는 아기의 형상을 캔버스 위에 심어 살게 했다. 자신과 연계된 인물을 한데 그러모아 캔버스 위에 재배치하며 자존自存을 지켰다. 사랑이 주는 고통에 좌절하는 대신 상처 입은 여성의 모습을 독창적으로 표현해, 상처를 치유했다. 그녀가 상처를 표현한 그림을 보면, 상처받은 이의 얼굴이 캔버스 정면을 바라보고 있는 경우가 많다. 그림 밖에서 바라보는(구경하는) 이의 눈을 정면으로 응시하며, 그림 안으로 개입하게 만든다. 상처에 주목하게 하고 상처를 감염시키는 데 성공한다. 상처는 벽에 걸리고, 고통은 예술로 승화된다.

그녀의 얼굴은 보는 이를 잡아끄는 데가 있다. 가장 중요한 부분은 눈썹이다. 날지 않겠다고 선언한 갈매기가 내려앉은 대지. 펼쳐 있지만 날 수 없는 날개. 비틀리지 않고 좌우대칭으로 안착한 눈썹은 그녀의 자존심과 삶에 대한 열망, 힘을 상징한다. 할 수 있어서 힘이 센 게 아니라 할 수 있는 일이 없기에, 절망의 복판에서 포기하지 않음으로 솟아오르는 힘! 무서운 힘이 그녀에게 있다. 결박된 사람이 생을 향해 내보이는 의지다. 부서진 사람이 완성을 꿈꾸며 나아가려는 힘이다. 그녀의 그림에서 눈물은 '땀'처럼 떨어진다. 만질 수 있다면 딱딱함이 느껴질 것 같은 눈물! 고통의 진액. 고난의 결정結晶. 땀 흘리는 진흙 덩어리에 지나지 않는 얼굴!

프리다 칼로에게 고통은 삶을 멈추게 하는 완력으로 작용하지 않는다. 고통을 받아들이고 다스려, 고통을 친구처럼 함께 걷게 한다. 고통이 자신의 일부라는 것을, 자신이 고통의 새끼라는 것을 받아들인 자의 초탈한 표정, 무언가를 넘어선 자의 얼굴을 그녀는 보여준다. 프리다 칼로에게 자기 자신은 가장 흥미로운 무대이자 하루도 쉬지 않고 벌어지는 사건 사고의 현장이다. 그녀는 불행을 외면하지 않고 적극적으로 표현하면서, 불행을 독창적으로 확장했다. 그리하여 그녀는 지금까지도 '불행의 여왕'으로 빛난다.

한편 프리다 칼로가 '특별히' 불행했다면, 그 불행의 특별함은 '사랑'에서 기인한다. 그녀는 사랑의 실패에 괴로워하다 죽은 사람의 편에 서지 않았다. 사랑의 실패를 견디고 견디어서, 그녀는 드디어 '실연의 실패'에 도

달했다. 물론 나는 실연의 실패가 사랑의 성공이라고 생각하지 않는다. 다만 견디는 자는 실패할 기회를 잃은 자, 견딤으로써 열반에 든 '약한 강자'라고 생각할 뿐이다. 마음껏 실패하지도 못하고, 그러니까 울고 불며 끝내지도 못하고, 무지몽매하게 견디는 자. 사랑을 꽉 쥔 주먹을 펴지 않는 자. 있는지 없는지도 모를 사랑을!

그녀의 불행은 모든 것에 앞서 디에고 리베라를 사랑했다는 점이다. 자기 자신보다 더! 그녀에게 디에고 리베라는 '나'를 넘어선 '나'인 것으로 보인다. 나보다 더 나인 것! 끔찍해라! "내 살갗보다" 더 사랑한다고 말할 수 있는 것은 재능이거나 재앙이다. 사랑의 재능. 사랑의 재앙. 사랑의 천재! 사랑이 갈아마신 자! 사랑에 모든 것을 거는 희대의 도박꾼. 잃지도 따지도 않아, 평생 한자리에 붙박여 베팅을 해야 하는 사람!

제아무리 사랑이 꽃피는 나무라 할지라도, 꽃피기를 바라지 않는 누군가 앞에선 그저 조금 '요란한' 나무일 뿐이다. 활활 타오르는 나무. 디에고 리베라에게 프리다 칼로는 사랑으로 활활 꽃피는 나무였지만, 가끔 소방차를 불러 불을 끄고 싶었을지 모르겠다. 사랑받는 일도 피로한 일이었을 테니까. 어쨌든 "골목이 한 번 꺾일 때마다 사랑에 빠지는(아니타 브레너)" 디에고 리베라도 프리다 칼로를 사랑했을 것이다. 틀림없다.

가장 앞서 사랑해야 할 사람은 당신이 아니라, 나라는 것을, 그게 끓어넘칠 위험이 없다는 것을 그녀는 몰랐을까? 나를 나만큼 사랑하지 않는 사람을 사랑하기는 얼마나 어려운가? 또한 자신보다 나를 더 사랑한다고 고백하는 자를 바라보기는 얼마나 버거운 일인가?

리베라의 전기를 쓴 버트람 울프는 이렇게 기록했다.

"그들은 싸우고 난폭하게 굴고 악의적인 행동을 하고 이혼까지 했지만, 마음 깊은 곳에서는 죽을 때까지 서로에게 인생의 우선순위를 두었다. 보다 정확하게 말하자면 그에게 있어서는 그림이 그녀보다 먼저였거나, 혹은 자기 삶을 일련의 전설들로 각색하는 작업이 먼저였다. 그러나 그녀에게 있어서 그는 늘 최우선이었고, 예술도 예외가 아니었다. 그에게 관용을 베푸는 것은 당연한 일이라는 것이 프리다의 생각이었다. 어쨌든 그녀는 언젠가 슬프게 웃으며 나에게 말했다. '그것이 그가 사는 방식이고, 이것이 내가 그를 사랑하는 방식'이라고. '나는 지금의 그가 아닌 그를 사랑할 수 없다'는 것이었다."[45]

프리다 칼로의 말을 아주 오래 들여다보았다. 그것이 그가 사는 방식이고, 이것이 내가 그를 사랑하는 방식이다. 지금의 그가 아닌 그를 사랑할 수 없다는 말. 다른 무엇도 아닌, 지금의 당신을 사랑하기에, 실연에 실패하는 거다. 내가 '사랑'이라고 말하지 않고, '사랑의 성공'이라고 말하지 않고, 자꾸 여러 번에 걸쳐 '실연의 실패'라고 얘기하는 이유는 하나다. '사랑'이라는 말과 '성공'은 도무지 어울리지 않는다는 점. 살아 있는 자에게 사랑은 현재도, 과거도 '완료형'이 될 수 없기 때문이다. 오늘의 성공이 내일의 성공을 보장할 수 없는 게 사랑이다.

프리다 칼로의 그림들은 불치병을 앓는 자가 올리는 기도이자 제사다. 절박하기 때문에, 그것들은 지금도 움직인다. 꿈틀대고 말하고 비명을 지르고 죽고 살아난다. 기도하는 자의 힘이다. 미치지 않으면 미칠 수 없다不狂不及는 옛말처럼, 무엇에 미친 사람의 손끝에서 나오는 작품은 언제나 도를 넘는다. 도를 넘어 아름답고, 도를 넘어 끔찍하다. 도를 넘어 흥미롭고, 도를 넘어 경이롭다.

도를 넘는 일. 사랑이 종종 즐겨 하는 일이다.

★

가슴에 디에고의 초상과 눈썹 사이에 마리아가 있는 자화상

빨리 끝내고 싶을 때가 있지
막 손가락을 구부려 붓을 쥐려는데
말보다 리듬보다 사랑보다
마침표가 먼저,
대가리를 들이밀고 도착할 때가 있지
그럼 난 늙었나 생각해
내가 아니라 내 안의 장기들이
언어의 표피들이 늘어졌나 생각해

붉게
끝내고 싶을 때가 있지
힘은
붉은색이야

프리다 칼로, 〈가슴에 디에고의 초상과 눈썹 사이에 마리아가 있는 자화상〉,
oil on masonite, 61×41cm, 1953.

그림번역

★

버스에서

모든 불행에게도

유년이 있다

프리다 칼로, 〈버스에서〉, oil on canvas, 26×55.5cm, 1929.

참고한 책

1 헤이든 헤레라, 《프리다 칼로》, 김정아 옮김, 민음사, 2003, 450~451쪽.
2 프리다 칼로, 《프리다 칼로, 내 영혼의 일기》, 안진옥 옮김, 비엠케이, 2016, 145쪽.
3 프리다 칼로, 《프리다 칼로, 내 영혼의 일기》, 안진옥 옮김, 비엠케이, 2016, 108쪽.
4 존 버거, 《다른 방식으로 보기》, 최민 옮김, 열화당, 2012, 9쪽.
5 헤이든 헤레라, 《프리다 칼로》, 김정아 옮김, 민음사, 2003, 230쪽.
6 프리다 칼로, 《프리다 칼로, 내 영혼의 일기》, 안진옥 옮김, 비엠케이, 2016, 50쪽.
7 김현, 《걱정 말고 다녀와》, 알마, 2017, 78쪽.
8 박연준, 《베누스 푸디카》, 창비, 2017, 130쪽.
9 헤이든 헤레라, 《프리다 칼로》, 김정아 옮김, 민음사, 2003, 439쪽.
10 프리다 칼로, 《프리다 칼로, 내 영혼의 일기》, 안진옥 옮김, 비엠케이, 2016, 28쪽.
11 토니 모리슨, 《빌러비드》, 최인자 옮김, 문학동네, 2014, 272쪽.
12 파블로 네루다, 《질문의 책》, 정현종 옮김, 문학동네, 2013, 13쪽.
13 헤이든 헤레라, 《프리다 칼로》, 김정아 옮김, 민음사, 2003, 243쪽.
14 프리다 칼로, 《프리다 칼로, 내 영혼의 일기》, 안진옥 옮김, 비엠케이, 2016, 50쪽.
15 프리다 칼로, 《프리다 칼로, 내 영혼의 일기》, 안진옥 옮김, 비엠케이, 2016, 49쪽.
16 헤이든 헤레라, 《프리다 칼로》, 김정아 옮김, 민음사, 2003, 239~240쪽.

17 프리다 칼로, 《프리다 칼로, 내 영혼의 일기》, 안진옥 옮김, 비엠케이, 2016, 227쪽.

18 르 클레지오, 《프리다 칼로 & 디에고 리베라》, 백선희 옮김, 다빈치, 2011, 256~257쪽.

19 헤이든 헤레라, 《프리다 칼로》, 김정아 옮김, 민음사, 2003, 215~216쪽.

20 르 클레지오, 《프리다 칼로 & 디에고 리베라》, 백선희 옮김, 다빈치, 2011, 74쪽.

21 프리다 칼로, 《프리다 칼로, 내 영혼의 일기》, 안진옥 옮김, 비엠케이, 2016, 259쪽.

22 프리다 칼로, 《프리다 칼로, 내 영혼의 일기》, 안진옥 옮김, 비엠케이, 2016, 241쪽.

23 존 버거, 《우리가 아는 모든 언어》, 김현우 옮김, 열화당, 2017, 27쪽.

24 프리다 칼로, 《프리다 칼로, 내 영혼의 일기》, 안진옥 옮김, 비엠케이, 2016, 23쪽.

25 오은, 《우리는 분위기를 사랑해》, 문학동네, 2013, 128쪽.

26 프리다 칼로, 《프리다 칼로, 내 영혼의 일기》, 안진옥 옮김, 비엠케이, 2016, 233쪽.

27 리베카 솔닛, 《여자들은 자꾸 같은 질문을 받는다》, 김명남 옮김, 창비, 2017, 18~19쪽.

28 헤이든 헤레라, 《프리다 칼로》, 김정아 옮김, 민음사, 2003, 440쪽.

29 프리다 칼로, 《프리다 칼로, 내 영혼의 일기》, 안진옥 옮김, 비엠케이, 2016, 88쪽.

30 프리다 칼로, 《프리다 칼로, 내 영혼의 일기》, 안진옥 옮김, 비엠케이, 2016, 23쪽.

31 프리다 칼로, 《프리다 칼로, 내 영혼의 일기》, 안진옥 옮김, 비엠케이, 2016.

32 프리다 칼로, 《프리다 칼로, 내 영혼의 일기》, 안진옥 옮김, 비엠케이, 2016, 92쪽.

33 앤 카슨,《남편의 아름다움》, 민승남 옮김, 한겨레출판사, 2016, 12쪽.

34 앤 카슨,《남편의 아름다움》, 민승남 옮김, 한겨레출판사, 2016, 134쪽.

35 헤이든 헤레라,《프리다 칼로》, 김정아 옮김, 민음사, 2003, 240~241쪽.

36 엘리자베스 스트라우트,《올리브 키터리지》, 권상미 옮김, 문학동네, 2010, 84쪽.

37 프리다 칼로,《프리다 칼로, 내 영혼의 일기》, 안진옥 옮김, 비엠케이, 2016, 114쪽.

38 장석주,《베이비부머를 위한 변명》, yeondoo, 2017, 41쪽.

39 헤이든 헤레라,《프리다 칼로》, 김정아 옮김, 민음사, 2003, 286쪽.

40 헤이든 헤레라,《프리다 칼로》, 김정아 옮김, 민음사, 2003, 381~382쪽.

41 르 클레지오,《프리다 칼로 & 디에고 리베라》, 백선희 옮김, 다빈치, 2011, 320쪽.

42 프리다 칼로,《프리다 칼로, 내 영혼의 일기》, 안진옥 옮김, 비엠케이, 2016, 108쪽.

43 르 클레지오,《프리다 칼로 & 디에고 리베라》, 백선희 옮김, 다빈치, 2011, 240쪽.

44 헤이든 헤레라,《프리다 칼로》, 김정아 옮김, 민음사, 2003, 39~40쪽.

45 헤이든 헤레라,《프리다 칼로》, 김정아 옮김, 민음사, 2003, 156~157쪽.

박연준

경기도 파주에 살며 일주일에 세 번 발레를 배운다. 기분이, 그리고 기운이 불안정할 때가 많아서 "나는 아직 시간이 많고, 사랑하는 남자와 살고 있으며, 해야 할 일이 있다"고 써놓고 안심하는 시간을 정기적으로 갖는다. 이따금 글쓰기 강의를 하고, 매사에 늦장을 부리며, 대부분 쓰고 읽고 멍 때리며 보낸다. 마감이 코앞이더라도 서두르지 않는 성격이다. 느긋하게, 촘촘히, 스트레스를 받는다. 스물다섯에 등단해 네 권의 시집과 네 권의 산문집을 냈다. 시집 제목은《속눈썹이 지르는 비명》《아버지는 나를 처제, 하고 불렀다》《베누스 푸디카》《밤, 비, 뱀》이고, 산문집 제목은《소란》《우리는 서로 조심하라고 말하며 걸었다》《내 아침인사 대신 읽어보오》《인생은 이상하게 흐른다》임을 '굳이' 알리니, 두루 읽어주시길!

밤은 길고, 괴롭습니다 - 레드 에디션

1판 1쇄 찍음 2019년 11월 20일
1판 1쇄 펴냄 2019년 11월 28일

지은이 박연준
펴낸이 안지미
디자인 안지미
제작처 공간

펴낸곳 (주)알마
출판등록 2006년 6월 22일 제2013-000266호
주소 03990 서울시 마포구 연남로 1길 8, 4~5층
전화 02.324.3800 판매 02.324.7863 편집
전송 02.324.1144

전자우편 alma@almabook.com
페이스북 /almabooks
트위터 @alma_books
인스타그램 @alma_books

ISBN 979-11-5992-272-5 03810

이 도서의 국립중앙도서관 출판예정도서목록CIP은 서지정보유통지원시스템 홈페이지http://seoji.nl.go.kr와 국가자료종합목록 구축시스템http://kolis-net.nl.go.kr에서 이용하실 수 있습니다. CIP제어번호: 2019045413

알마는 아이쿱생협과 더불어 협동조합의 가치를 실천하는 출판사입니다.

종이 표지_플라이크 120g/㎡ 본문_그린라이트 80g/㎡